まだ望みはあります

がん宣告
「余命2ヵ月」
からの闘い！

Takahashi Koji
髙橋幸司

さくら舎

はじめに

２０１７年10月17日に僕は胆管《たんかん》がんの宣告を受けました。

ステージ４。余命２ヵ月とのことでした。

後に引けない身体を目の当たりにして、正に目の前が真っ暗になりました。日に日に体重も落ちていき、歩くのにも息が切れました。気丈に振舞ってはいましたが、真っ暗闇の中を歩くような、何も考えられない日々を過ごしていました。

がんを宣告され、治療する。それは考えている以上に大きなダメージです。身体もさることながら、精神的にかなり追い込まれます。

「もう助からない」

一度でもそう思ってしまった患者には、たとえ家族であろうと誰の意見も耳に入らなくなります。そのマインドが、これまでがんで亡くなっていった方や、今、闘病中で諦めかけている方にとって身動きのとれない枷《かせ》になっているのだと思います。この悪夢から救ってくれるのは、最初に病魔を発見してくれた主治医だと信じ、他の方法を試す気力などなくなってしまうのだと思います。

僕も例外でなく、そうでした。インターネットで毎日狂ったように検索を続けても望みは見つかりません。いつしか僕は静かに死にゆく準備を始めていました。

しかし運命の分かれ道は、突然やってきました。

僕の病状を聞き、見舞いに駆け付けてくれた友人から、新しい方法でがん治療をしてくれる医者がいる、という話を聞きました。すでに、その先生とアポイントメントを取っているから行こうというのです。しかし当時の私は、今の主治医のもとで最期までいく、と決意を固めていたので、正直、気乗りがしませんでした。

しかし「他に方法があるなら試そう」という家族や仲間たちに半ば強引に説得され、その先生にお会いすることにしました。

12月9日、抗がん剤治療を終えたばかりで身体はフラフラでしたから「無理だ」と何度も思ったのですが、奇跡的に先生との待ち合わせ場所までたどり着くことができました。

今になって思えば目に見えない力に突き動かされたようでした。


それが、赤木《あかぎ》純児《じゅんじ》先生との出会いです。

先生は言いました。

「まだ望みはあります」

目の前の真っ黒な壁をぶち破られたような一言でした。

先生の言葉で、僕はもう一度「生きたい」と思いました。死にたくない、生きたい、と――。

赤木先生との出会いから1年6カ月。

当時、「余命2カ月」と宣告された僕はまだ生きています。

赤木先生のもとで治療をはじめて2週間後、腫瘍《しゅよう》マーカーの数値が一気に半分に減少しました。年が明けると体も軽くなり、ジョギングができるようになりました。そして3月、CT検査の結果、僕は奇跡を目の当たりにしました。肝臓に転移していた大きな腫瘍が、6割弱も小さくなっていたのです。そして今、この文章を書いている今は、2019年の春。

あの絶望のがん宣告から1年半が経過しています。

医師との出会いは、本当に縁だと思います。運命的な巡り合わせの中で出会った赤木先生が試行錯誤の中で僕に施してくれた治療は、驚くほど効果がありました。最初の主治医のもとでは死ぬ準備をしていた僕が、赤木先生のもとでは「生きたい」と思った。なぜ？

これが、僕がこの本を書くにいたった最大の理由です。

セカンドオピニオンには勇気がいります。

「今診てくれている先生に悪いから……」と遠慮してしまっている人も少なくはないでしょう。しかし、それは間違いだと僕は声を大にして言いたい。僕たちには、多くの治療方法や選択肢を見て、もっと気軽に選べる権利があるはずです。だって、考えてもみてください。

医師は病気に対して高い知識と技術を持っている。だからその力を必要に応じて提供してもらう。その対価として費用を支払う。不満であれば他に変える。ただそれだけでいいはずなのです。

しかし、大きな病気になり患者となった僕たちは精神的に大きなダメージを負っています。とても平常心でなどいられません。僕たちにとって、病院で働くすべての人たちは救いであり、頼みの綱なのです。死の恐怖で震える患者には、医師や看護師の存在が健康な時よりもはるかに大きく見えるものなのです。

ですから、どうしても主治医の言うことがすべてだと捉《とら》えてしまい、そこから身動きがとれなくなります。ふとした疑問でさえも率直に聞けなくなります。

いったい、この現象はなんなのでしょう。

僕は、この本で現在の医療に対しての問題提起をするつもりなのではありません。しかし、まだ健康な皆さんが、いざ病気になって身も心も細ってのっぴきならなくなる前に、覚えておいていただきたいことがあります。

結局のところ、自分の命は自分しか守れません。

だから治療される僕たちが治療を理解し、納得し、自由に選択していいのです。たった一人の医師の判断に従わなければならないということはないのです。健康保険適用のルールブックに載っている治療法しか選べずに死を迎える、という状況を打破できるのは患者自身だけです。そして、患者である僕たち自身の心が折れてしまった時、支えとなるのはやはり家族であり、仲間です。だから僕は病気になると「人生の答え合わせ」ができることを学びました。いざという時、自分の傍《そば》に誰がいてくれるか、そこにそれぞれの人生の縮図があると。

僕の経験を一人でも多くの人に伝えることができれば、今、暗いトンネルの中を彷徨《さまよ》っている方に、一筋の光を届けることができるのではないか。その想いでこの本を書きました。

現在も僕の身に起こり続けている奇跡を、今、まさにがんと闘っていらっしゃる方々にも体験していただきたい。

「まだ望みはあります」

共に神様から頂いた命を生き抜いていきましょう。

2019年4月17日

目次◆まだ望みはあります
——がん宣告「余命2ヵ月」からの闘い！

第二章　病の前兆

第三章　運命の出会い

第四章　一度目の奇跡

第五章　赤木メソッド

第六章　闘病ライフと二度目の奇跡

第七章　闘いの終わりを目指して

第八章　Life goes on

まだ望みはあります

――がん宣告「余命2ヵ月」からの闘い！

第一章　宣告

闘いは突然に

２０１７年の10月８日のことでした。僕は東京都神津島《こうづ》村で開催されるサーフィンスクールのインストラクターとしての仕事で、自社のスタッフや仲間たちと朝から車で向かっていました。天気は穏やかで、海の景色はいつもに増して澄み切ったブルー。波も安定していました。

「サーフィン日和だな」

若い頃は地域予選を勝ち上がり、幾度となく全国大会に出場するほどでした。趣味が高じて日本サーフィン連盟の東京多摩支部長も10年務めさせていただき、僕とは切っても切れない縁で結ばれたスポーツなのです。知り合う人みんなに「サーフィンやってみてよ」と勧めているくらいです。

僕の会社はイベント運営も手掛けていましたから、こういったスクールや大会などを取り仕切る役目は喜んで引き受けていました。

僕は昔から自然の中に分け入り、その驚異的な美しさや強さに触れるのが好きです。僕をよく知る人はそんな僕のことを「野人《やじん》」なんて呼んだりしますが、まさにその通り。自然児というか野生児というか。一番野性に返れるのはなんといっても海です。

中でも神津島の海は素晴らしいと思います。海に入るだけで気持ちがいい。ボードを浮かべ、波に乗ることができれば何物にも代えがたい最高の気分を味わえます。神津島村の人々ともすっかり仲良しで、僕にとっては第二の故郷みたいなもの。この島に来るたびに僕はエネルギーをもらって帰っていました。今回はそんな大好きな神津島でのサーフィンのお仕事ですから、心が弾まないはずはありません。

しかし、心とは裏腹に、なんだか自分の感じがいつもと違うのを感じていました。とにかく、ひどく身体が重く眠いのです。数時間おきに眠気が襲い、誰かと話している最中でもフッと眠ってしまう状態。周囲の皆は「疲れてるんだろう」とそっとしておいてくれましたし、自分でもそう思っていましたが、それにしても何かがおかしい。

実は、この眠気はこの日に限ったことではなく、数カ月前から表れ始めていました。

睡眠は充分とっているつもりなのに、日中、仕事中や会議中にどうしようもなく眠くなることがあり、オフィスで仮眠することもしばしばでした。少し寝るとシャキッとするのですが、一定時間が経過するとまた怠《だる》くなって眠気に襲われてしまう。徐々にその頻度も上がってきているようでした。

「もしかして……どこか悪いんだろうか」

そんな予感が走りました。

10代でスタントマンとしてデビューして以来、体力にはかなり自信がありました。酒も煙草も一切やらなかったので病気らしい病気にかかることもなく、ましてや入院など一度もしたことはありません。まだ40代。まさか自分が大きな病気にかかるなんてイメージすらできません。だからこの眠気も怠さも、一時的なものだと決めて疑わなかったのです。いつものようにスタッフと笑い合い、動き回っていましたが、身体の怠さはひどくなる一方で、楽しみにしていたサーフィンを自分でやることはできませんでした。どう頑張ろうとしても身体が動いてくれないのです。神津島に来て、サーフィンができないなんて初めてのことです。

「俺、どうしちゃったんだろう」

心の不安は積もっていきました。何かがおかしい、何かがおかしい……。

それでもなんとか無事にスクールを終え、東京へ戻りました。

そして次の日。10月9日の朝。トイレで僕はぎょっとしました。紅茶よりも濃い赤茶色の尿と、真っ白な便。

「これは……」

便器を覗いた状態のまま、数十秒間、思考が停止しました。その後、ぞっとするような背筋の寒さと共に心臓がドクドクと鳴り始めました。

「これは、……やばい」

これが僕の闘いの始まりでした。

ぶっ壊れてる

とにかく病院へ行かなければと、かかりつけ医のもとへ行く支度をしました。現在、独り身の僕は、誰かに相談することもできません。かなり心細いですが、今はそんなこと言ったって仕方がない。

身体は恐怖心からガタガタと震えだすと共に異常な痒《かゆ》みを発していました。手首と足首と腹部が、尋常《じんじょう》でなく痒いのです。病院に着いた時には耐え難いほどでした。

「ぶっ壊れてるな……」

と思いました。僕の身体は明らかにどこか壊れている。その時、うっすらと頭に浮かんだ嫌な予感はかき消しました。しかし僕がかき消したその予感はこの後、見事に的中してしまうことになるのです。

その日は血液検査をしてもらいました。

「何かあれば、すぐに知らせますから」

と言われ、帰宅。異常な痒みはだいぶおさまっていましたが、身体は重く怠く、意識も視界もどんよりとしていました。その日は身体の怠さに任せてそのまま寝てしまいました。もやもやとした不安と恐怖感はつのる一方で眠りも浅く、辛い一夜でした。

翌朝、８時。

電話が鳴りました。病院からです。

「終わった」

その瞬間、僕は覚悟しました。昨日の今日で、しかも朝8時。この早さだけで、もはや緊急事態宣言が発令されたも同然です。心臓が高鳴りはじめ、手は震えはじめました。しかし、やせ我慢でつとめて明るく、平常心で電話に応答しました。

「はい、髙橋ですがー」

「髙橋さん、今から来れますか」

「え」

「とんでもない数値が出てしまったんです、とにかく来てください」

「……はい」

やっぱりか。僕はノロノロと電話を切り、病院へ向かう支度をしました。これは入院だ、間違いなく。そう思い、トランクに着替えや下着を詰め込みました。妙に頭は冴えていました。逆に身体は重く、急ごうにも急げない。早く行かなければ、という気持ちと、行ったら何を宣告されるのだろうという不安の板挟みで息苦しくなりながら車に乗り込みました。こんな時でも自分一人で運転していかねばなりません。

その時、この状態を撮っておいたほうがいい、となんとなく思い、スマホで自分の顔を撮影しました。今見るとしっかり黄疸《おうだん》も出ているし、顔色の悪さは半端なく、目は完全に怯《おび》えています。

診察室に通される時も心ここにあらずといった状態でした。

「紹介状を書きますから」

はっきりと聞こえた先生の言葉はそれでした。原因はまだ定かではないが、胆管《たんかん》が詰まって肝臓が機能していない。この病院ではこれ以上の検査も治療もできないので……云々《うんぬん》。

僕はつとめて冷静に判断しようとしていました。自分から関東中央病院を指定して紹介状を書いてもらいました。周囲から聞こえる評判で、なんとなく「良い病院」というイメージがあったところです。

紹介状を持って再び自分で運転し、その関東中央病院へ向かいました。そしてこの途中で、僕はなぜかユニクロに寄りました。人間とは不思議なもので、こんな状況の中でも冷静な頭が働くものなんです。絶対に入院するとなぜか確信していたので、

「下着が足りないかも」

と何枚か買い揃えたのですが、いつも利用しているユニクロさえも遠い世界にいってしまったような気がしました。

まるで戦場へ向かう兵士のような気持ちです。もう、この世界には戻れないかもしれない、という決死の覚悟。とにかく恐怖心だけは消したくて、気合を身体の真ん中に集めて勇気を振り絞って向かいました。

病院に到着し、ほどなく診察室に通されて紹介状を見せて病状を説明し、エコー検査を

受けました。エコー検査とは、体の表面から人の耳には聞こえない音（超音波）を当て、体内の組織にぶつかってはね返ってきた音（エコー）を画像にした検査です。超音波検査とも言い、基本的に痛みはありません。しかし病院慣れしていない僕はこの時もなんだか怖くて、身体の震えを止めるのがやっとでした。その場で胆管が塞《ふさ》がっていると言われました。案の定、そのまま入院です。

主治医から告げられた症状は「閉塞《へいそく》型胆管炎」。閉塞を一時的に処理するステントを挿入する手術をしなければならないと説明されました。

そもそも胆管とは、肝臓で作られた胆汁を十二指腸に排出する管状の経路です。経路の途中で膵臓《すいぞう》を経由します。胆管の走行する経路になんらかの問題が生じることにより閉塞して胆汁が排出できなくなると、閉塞性黄疸が引き起こされます。胆管ステントは、この閉塞を開通させることを目的とした網目状の構造をした金属製の筒、または樹脂製のチューブです。このステントを留置することにより、正常に胆汁が流れる経路を確保するのだそうです。

と、医師は分かりやすく説明してくれるのですが、臆病者の僕が、この説明を冷静に聞けるわけはありません。一体これからどうなるのだろうと終始ソワソワしていました。

「胆管が詰まっているので管を入れます」

「管⁉」

「はい」

マジか⁉　身体に、管を入れる？？

心にためた勇気は一瞬で吹き飛びました。ムリムリムリ！　正直、かなりビビりました。しかし、選択肢はありません。やるしかないのです。もうどうにか、この状態から脱したいわけですから。

タカハシレーシング

この時、やっと家族に連絡を入れました。最初に電話をしたのはボスです。ボスとは、つまり親父のこと。父はタカハシレーシングという会社を率いる、日本スタント界の草分け的存在として世に名を刻んだ男でもあり、身内からも「ボス」と呼ばれていました。僕も普段「親父」より「ボス」と呼んでいます。さて、現在の僕の状況を聞いたボスは最初、半信半疑でした。そりゃそうです。48年間、病気らしい病気もせず、スタントの現場でも目立った怪我はしなかった屈強な息子が、いきなり崖っぷちの手術なんですから。

その後、兄貴にも連絡をしました。兄貴も僕と同じスタントマンで、現在独立して会社を立ち上げ、スタントの仕事を中心に活動しています。心配性の兄貴にはなるべく知らせたくなかったけれど、その後の入院生活で一番支えになってくれたのもまた兄貴でした。

家族に知らせたことで少し吹っ切れた部分もありながら、しかし崖っぷちなのは身体だけではありませんでした。何よりもヤバかったのが、お金です。

健康体で、先のことなどあまり深く考えもしていなかった僕は、ろくに保険に入っていませんでした。その時に入っていたのは入院保険のみ。入院した場合、一日5千円が出る、というだけの保険です。手術した場合の保障は5万円のみ。

「保険……入ってればよかった……！」

しかしこれはまだまだ序の口で、ここから先、僕が受けていく治療費は本当に尋常でない金額に膨《ふく》らんでいくことになります。ここで僕は、これだけは声を大にして言わせていただきたい。

病気は、金がかかる！

僕は保険屋ではないので、別に保険の宣伝をするつもりはありませんが、いざという時に備えるというのは本当に大事なことなのだと痛感しました。

保険って、入院保障や手術保障、先進医療特約……となんだかややこしくて、入る時は「なんでもいいや」と決めてしまいがちなのですが、ここは慎重になる必要があります。一概に保険に入ってるから安心、ということはありません。その時、自分がかかった病気や治療には「適用外」、なんていうこともあるわけで、よくよく考えて備えなければならない。

この時の僕は、自分の命と、そして治療費をどう工面するか、という二つの面から、真っ青にならざるを得ませんでした。足りない費用は自分の貯金を切り崩していくことなりますが、いったいそれもどこまでもつやら……と、不安に不安の上乗せ状態。正直、生きた心地がしませんでした。

「胆石」か「がん」か

生まれて初めての手術は翌日の10月10日、内視鏡で行われました。いや、行われたらしいというのが正しいのでしょう。実際、麻酔で僕は完全に眠った状態でしたから、もちろんなんにも覚えていません。オペは何事もなく成功したわけです。

麻酔状態から目覚めると、ベッドの周囲に家族がいました。言葉少なに僕を見下ろしています。何か気の利いたことを言って笑わせようと思ったけれど、頭がぼんやりしていてできませんでした。靄《もや》のような不安の中、ただ時間が過ぎていくだけでした。これから自分がどうなってしまうのか見当もつきません。

胆管が詰まる原因は二つだけ。胆石か、がん。

この時点の僕は、思わず胆石が原因であってほしいと願わずにはいられませんでした。もし、がんなら――。

今の時代、インターネットで調べればなんでも情報を得られます。もちろんがんについても、ありとあらゆる情報が溢れています。

「もうがんは治る病気！」なんていう楽観的な記事も多く見かけるようになりましたし、昨今のがん治療の発展は目覚ましいものがあり、生存率が上昇しているのも確かです。しかし、発症部位や発見時の段階にもよりますし、同じ治療法でも人によって効果は様々で一概に楽観視はできません。がんは未だ恐い病気なのです。

そもそも、がん細胞とは何かというと、人間の身体にある約60億個の細胞の一部が変異した異常な細胞で、がんはこの異常な細胞の塊です。正常な細胞は、体や周囲の状態に応じて、増えたり、増えることをやめたりします。それに対してがん細胞は、体や周囲の状況を無視して増え続けます。どんどん数を増し、周囲の大切な組織を圧迫したり、壊したり、様々な機能障害を引き起こします。それがいわゆるがんという病気なのです。

発がんの要因は様々ですが、老化による遺伝子の変化や、加齢に伴うホルモンバランスの変化、生活環境（ストレス）や環境因子（発がん物質）の蓄積、免疫低下による感染症などによって発症すると考えられています。僕の場合、異常事態宣言を発令しているのは肝臓と思われました。

「肝臓がん」をインターネットで調べてみると、これがまた恐ろしい。自覚症状が現れた段階（つまり、今の僕）でもうすでにステージは進んでおり、最終段階のステージ４となると、生存率はなんと５％です。

たったの５％！　死を宣告されたも同然です。

肝臓のレントゲン写真

ステント装着のおかげか、身体の怠《だる》さも少しずつ楽になっていきました。腹部の痛みも和らいでいき、このまま退院できたらいいな……、なんて淡い期待もありましたが、そんなの絶対に無理だ、と心の中のもう一人の自分が告げていました。

そして「その時」は、10月17日にやってきました。

折しもこの日は亡き母の誕生日でした。それが何の因果を意味するのかは分かりませんが、その日は診察室に入る前から心は重く、主治医の話で一気に血の気が引いていくのが分かりました。

「髙橋さん、石がないんです……」

主治医はとても言いづらそうに、説明を続けます。肝臓のレントゲン写真には、大きな影が映っていました。その影のデカさに、心の中で何かが音を立てて崩れていきました。

夢であってほしかった。

「悪性腫瘍の疑いが強い」

疑いっていうか……確定だろ⁉　心がそう叫んでいました。

「でもまだ決まったわけではないので、諸々の検査結果を見ます」

主治医は言いましたが、かなりヤバいのは素人から見ても分かります。

「マジかよ……」

どうするんだ、と自分に問いつつ、覚悟しようとしてもまったくできない。足がすくみました。ほどなくカンファレンスルームに呼び出され、再び説明を受けました。

「胆管がん、肝臓にも転移がみられます。ステージ4です」

恐怖による身体の震えを止めることはできませんでした。ステージ4。つまり末期。僕は一人、固まった状態のまま黙りこくっていました。主治医は静かに話を続けました。まずは、腫瘍の組織検査と肝生検を行います、腫瘍の組織検査は血液検査で分かりますが、肝生検では、肝臓に直接針を刺して組織を取り……。

「肝臓に？　針⁉」

この時点で僕はもう完全にギブアップ。死神のような宣告の後に、さらにそんな恐ろしいことを淡々と語る主治医に「絶対、嫌です！」と心で全拒否しました。が、断っても仕方がない。結局、やるしかないんです。僕は参ってしまいました、本当に。

もう一つのストレス

がん宣告だけでも悲劇なのですが、実は悲劇は他にもありました。健康な皆さんには絶対に考えられないストレスがもう一つあるのです。それが入院生活です。

これも、かなり悲惨なのです。僕が絶対に耐えられなかったことは大部屋での入院です。大部屋ですから、もちろん他の入院患者の皆さんも一緒です。

僕はどちらかというと神経は図太くないほうなので、このストレスが半端なかったんです。寝る時のいびきはもちろん、それぞれ苦しいので、唸《うな》ったり、溜息《ためいき》をついたり、中には呪文のようなものを唱えている人もいます。この状況だけでも精神的にかなりやられます。

病院は常に24時間体制です。こちらが寝ていても具合の悪い患者が出て来れば容赦なく電気をつけられるし、看護師たちに向かって怒鳴る声も聞こえてきます。患者が「痛い痛い！」と叫んでいたかと思えば、今度は看護師の「痛い痛い！」という声がする。何事かと思えば「ナースが噛《か》まれました！」と。おいおい、何やってるんだよ……と、たった一日で僕はげんなりしてしまいました。

病気になって病院の中に入ってみると、その冷え冷えとした空気や病と闘う人のマイナス感情が渦巻く過酷な環境に、二重にも三重にもダメージを受けるものなんです。悪い身体がさらに悪くなりそうなこの環境。健康な時には考えもしませんよね。

入院2日目の夜のことでした。

向かい側のベッドのお年寄りがナースコールで「うんこ」というのです。トイレに連れて行ってくれということかな、と思っていたら看護師さんが何やら器具を持ってきて「出る？　出ない？」と始まった。うわあ、マジか。無理だ。と僕は布団をかぶり、耳を塞ぎましたが臭いは防ぎようがありません。自力でトイレに行けない患者もいるのですから仕方のないことです。仕方がないんですが、やはり……。

「個室に変えてください！」

翌日、僕はついに受付でそう言っていました。個室になると一日1万8千円という追加料金が発生するわけですが、もう背に腹は代えられない状況です。身体もボロボロなのに、精神まで病みたくありませんでした。

こうなってみて、しみじみ思います。健康は、素晴らしい。

なぜ元気な時に、もっと自分の身体を大事にしなかったのだろうと。

だからこの本を読んでいる、今まだ健康な皆さんには、今の健康を維持してほしいと心から思います。身体が何よりも一番大事だと、身をもって知ってからでは遅いんです。

サーフィンイベント

10月17日に受けた宣告に関して、僕は早く会社のスタッフたちに知らせなければと思っていました。皆には「体調を崩した」と連絡し、ずっと仕事は休んでいましたが、この衝撃的な状態をどうやって話せばいいものか、と。

３日後の20日に、僕が支部長を務める日本サーフィン連盟東京多摩支部の秋のサーフィンイベントが開催される予定でした。僕が中心となって動かしていたイベントですから、この日だけは絶対に参加しなければと思っていました。それまでは言わずにおこうと。しかし、身体のほうはそんな悠長なことを言っていられる状態ではありません。

会場に行けるかどうかも危うい状態です。きちんと話して、代理の者を立ててイベントを取り仕切ってもらったほうがいい、と頭ではそう判断していても、果たして冷静に話せるのか、そして彼らが受け止められるか、考えるとグルグルととぐろを巻くように迷いが生じて動けませんでした。

しかし、人生とは面白いものです。迷っているうちに開催日は迫ってきたのですが、同時に台風も迫ってきていました。そして当日の20日は、その台風が会場周辺を直撃。イベント自体、中止という判断になりました。

「助かった……」

ホッと胸をなでおろしました。

僕は、仕事に対する責任感は人一倍強いほうだと自覚しています。特に、人との縁や繋がりは何よりも大切にしていて、そういった縁で繋がった仕事や行事などは、自分が納得いくまできっちりとやり遂げたいと思っています。特にサーフィンの仕事に関しては、いろんな縁が繋がって実現することが多いので、繋いでくれた人たちのためにも、他人任せにはしたくなかったのです。だからこの時ばかりは、台風にそっと感謝しました。

国士舘大学での授業

10月24日、胆管炎の症状がようやくおさまり、一時退院しました。

久しぶりに外に出ると「自由」という言葉の重さに気付きます。いつもの道を通っても、その道が懐かしく愛おしく感じ、同時に「もう戻れない」という暗い気持ちものしかかりました。自分の部屋に入った瞬間、なんだか泣けてきました。

普通の生活、その尊さがじわじわと沁みてきました。またこの部屋で、何事もなかったように暮らしたい。自由気ままに仕事して、サーフィンして、釣りもして、サッカーもして……。

気が付くと僕は、自分のお気に入りのサッカーのスパイクをゴミ袋に入れていました。サーフィンボードやウェットスーツも処分のために畳んでまとめました。自暴自棄になっていたわけではありません。心は驚くほど冷静でした。こうやってやりたいことを一つずつ諦めていくことで、今の自分の状況を認めようとしていたのかもしれません。

仕事の資料を整理し、長く溜まっていた写真も引っ張り出して整理を始めました。捨てるもの、遺しておくもの……無意識に「遺しておく」という発想が浮かんでいました。そうしながら、自分の会社を仲間たちに引き継いでいく心づもりをしていきました。

28日には、僕が教鞭をとる国士舘大学でのイベントがあり、これには参加するつもりでした。僕は月に一回、第4月曜日の6限に、国士舘大学理工学部で特別講師をやっています。授業の内容は、ネットの配信の仕組みとオリジナル番組の制作や、ものづくりの考え方等々。このゼミは2005年、僕がNTTのネット放送の研究に参加させていただいた時にお世話になった方が教授を務めておられます。

今でこそ、YouTubeやAbemaTVを始めとしたネット配信番組は当たり前のようになっていますが、10年以上前は未知の世界でした。僕は、日本で最初に自撮り映像を配信した男、と自負しているのですが、あの頃僕が研究したことを今の学生たちに伝え、彼らの将来に役立ててもらうことは本当に嬉しいことですし、優秀な生徒たちに囲まれてものづくりをすることはやりがいのあることでした。

だから、彼らの頑張りを見てやりたいという気持ちは強く、どうしても参加したかったのです。しかし、生徒に自分の状態について話す気にはなれませんでした。

僕はもともと身体もがっしりしていて声も大きいですし、見た目ではいつも元気に見られることが多いので、この時も周囲は「いつも変わらない元気な先生」と思っていたと思います。そんな生徒たちの中で、僕はなんとなく心で別れを告げるような心持ちでした。

新薬という可能性

10月30日再入院し、いよいよ肝生検を行うことになりました。様々な肝臓疾患の原因や病態を把握し、診断や治療方法を決定するために必要な検査です。僕の場合、目的は腫瘍の組織を調べることと、抗がん剤の新薬を受け入れられるかどうかを調べるためのもの、とのことでした。

当時、国の認可が下りたばかりの新薬。これが、僕にとっての希望の光でした。

胆管がんの生存率が低い原因の一つに、使える薬の種類が他の部位のがんに比べて極端に少ないということが挙げられます。

健康保険適用のガイドライン治療では、「ゲムシタビン」と「シスプラチン」という2種類の抗がん剤と、錠剤の「TS－1」しか使えないのです。もしこれらの薬が効かなかったら……、考えたくもありません。ですから主治医から「新薬が使えるかもしれない」という話を聞いた時は飛びつきたくなるくらい高揚しました。

「フォルフィリノックス」という、胆管がんに新しく使えるという抗がん剤が適応すれば、ぐんと快復の可能性が広がります。闘える武器があるということはなんと心強いことでしょう。僕は闘うために気力を奮い起こしました。

そうして決死の覚悟で臨んだ肝生検でしたが、麻酔のおかげで苦痛はゼロでした。寝て起きたら終わっていたのです。気が抜けるほどあっという間でした。関東中央病院には麻酔医という専門の先生がいて、大きな手術や検査の時には麻酔が使われます。実にうまく眠らせてくれるものだと、麻酔という技術に感謝しました。

しかし、問題は結果です。腫瘍が最悪な状態であることはもう分かっていましたが、それが治療できる状態なのかどうかで、僕の人生の明暗が決まります。そんな僕に、主治医は力強く言いました。

「新薬が適応できそうです」

僕はおお！　と声を出しそうでした。これで希望がつながったと。

「もちろん、この新薬が効くかどうかは分かりません。しかし髙橋さんのような方に頑張ってもらいたい。これからのがん治療の未来のためにも」

そんな熱い言葉を主治医から聞かされて、助かりたい一心の僕が断るはずはありません。

僕の主治医は日本最高峰の胆管がん研究機関の一員です。この肩書を聞いただけでも、命を委ねるにふさわしい先生だと思いました。僕も家族も、これ以上ない病院で、良い先生に巡り合えたと思いました。

「よろしくお願いします！」

僕は力強く頭を下げました。

新薬の投与に関しては、別の病院のドクターが担当するとのことでした。その先生との面談を後日に予約してもらい、一時退院することになりました。

止まらない悪寒

「新しい薬なら効くかもしれない」

11月1日、僕は久しぶりに明るい気持ちで病院をあとにしました。会社のスタッフの曽我が車で迎えに来てくれていました。曽我は10代の頃からサーフィンを通して繋がった僕の後輩的存在です。今ではスタントマンとしての技術も身に着け、僕にとっては欠かすことのできないビジネスパートナー。家族の次に病床の僕に寄り添ってくれたのはやはり彼でした。

曽我の車で自宅まで送ってもらい、たわいもない話をしました。僕の表情もいつもより明るかったのでしょう、しばらく自宅にいてくれた曽我は、少し安心した様子で帰っていきました。

さて、自宅に一人になり、病院から持ち帰った洗濯物などを引っ張り出しているときでした。突然、ひどく身体が寒くなってきたのです。身体の内側から突き抜けてくるような悪寒が止まらず、寒くて寒くて、身体がブルブルと震えだしました。

「なに、これ？」

身体は動けないほどに震えだし、僕の中に戦慄《せんりつ》が走りました。これはとんでもないことが起きている、不安と恐怖が一気に押し寄せました。どうしよう、どうしよう。病院に戻ったほうがいい、そう思ったものの一人では動けません。僕は必死でスマホに手を伸ばし、さっきここを出たばかりの曽我に急いで電話をかけました。彼はすぐに電話に出てくれました。

「どうかしましたか」

「ごめん、病院に戻りたい……」

曽我は車を運転中で、高速道路に乗る一歩手前にいました。たまたま渋滞していて、いつもならスムーズに乗れるはずが、できずに待たされていたそうなのです。僕の言葉を聞くや彼は車をUターンさせてうちに戻ってきてくれました。もし、高速道路に乗ってしまっていた後だったら僕はどうなっていたのだろうと考えると、ぞっとします。あの時すぐに戻ってくれた曽我に何度も感謝しています。

気が付くと、病院のベッドの上でした。目が覚めて「あ、生きている」と思いました。が、今までに経験したことのないような倦怠《けんたい》感が身体中を覆っていました。もちろん発熱していました、40℃以上です。風邪などの免疫反応で起きる発熱とは全く別の、地獄の業火のような熱でした。起き上がるどころか喋ることもできず、何も考えられませんでした。

病院に到着するとすぐにステント入れ替えの処置をし、肝臓に管を通したそうです。病室には、駆けつけた家族や仲間が入れ代わり立ち代わり、いてくれたようなのですが、顔を見ることもできず全く覚えていません。朧気《おぼろげ》な意識の中で「死ぬのか」と思っていました。それから3日間、僕は文字通り生死の境を彷徨いました。

後に聞いたその病状は、「敗血症」によるものでした。

敗血症とは、感染症によって臓器障害が現れる状態で、敗血症を発症すると全身の各種臓器に症状を生じ、中枢神経障害（突然精神機能障害や意識障害が起こり、頭が混乱状態になるなどの症状がみられる状態）を引き起こすこともあるのだそうです。原因は間違いなく胆管の炎症でした。

敗血症は「死ぬ前になる」と言われる怖い症状です。本当にこの時、僕は苦しくて苦しくて「ああ、こうやって死んでいくんだな」と思い、ただひたすらに涙を流していました。

11月3日。

そのまま死んでもおかしくなかったかと思うのですが、ゆっくりと症状が和らぎ始めました。主治医が抗生剤を使って熱を下げてくれたせいもあるのだと思います。朦朧《もうろう》としていた意識が少しずつはっきりとしてきました。それでもまだ起き上がることができず、ベッドの中でぼうっとしていました。視界は狭く、ぼんやりとしています。人の顔すらよく見えません。

「これから俺、どうなるのかな……」

不思議と、いろんな人の顔が脳裏に浮かびました。

出会いと別れを繰り返してきた自分の人生の中で、愛おしい人もいれば、二度と顔も見たくない人もいました。しかし今はすべてがただ遠く懐かしく感じました。眠ると、妙にクリアな夢を見ました。景色も人の顔もはっきりと見えます。ずっと会っていないはずの人の顔すらクリアに見えてくるのです。とても美しい夢です。目が覚めると「あいつ、どうしてるかな……」と、その人の顔を思い浮かべました。

退院と再入院

それから６日後の11月９日。

おそらく奇跡だったと思います。熱が下がりました。

後で聞いた話ですが、末期がんではこうして敗血症になり、抗生剤も効かず、そのまま死んでしまうケースも多いそうです。なんとか荒波はくぐり抜けたのですが、やはりまだ生きている実感は湧きませんでしたし、心が晴れることはありません。

翌日の10日、容態が落ち着いたために退院しました。正直、一日も長く病院にいたくないというのが本音ですから、退院できて少し安心しました。さらに、翌日の11日は、国士舘大学での特別講座の仕事がありました。しかも３コマです。午後から夜までぶっ通しの講義。誰もが、この状態で行くとは思わないでしょう。

でも僕はこういう時、やってしまうのです。何事もないような顔で大学へ出勤しました。もちろん生徒は何も知りません。いつも通り、講義を始めました。

さすがに3コマぶっ通しのその日の講義は辛かったけれど、やはり楽しかった。

こうして「いつも通り」仕事ができるという日常に、僕は食らいついていたかったのかもしれません。

が、案の定、翌朝には39℃の熱が出ていました。再び寒気と恐怖感がぶり返してきます。

「また……きた！」

再びの恐怖と後悔と諦め。僕は今度は自力で病院へ行きました。即、再入院です。そこからの数日間、熱が上がったり下がったりを繰り返しました。熱が上がる度に「ついにお迎えだ！」と戦慄します。下がり始めるとホッとし、「とりあえず今じゃなかったか……」と胸をなでおろす。その繰り返しでした。

この不安の境地からどうやって抜け出せばいいのか、開き直ってもどうすることもできません。うっすらと「死ぬかもしれない」と、そんなことしか思い浮かびません。

がん患者はみんなやると思うのですが、毎日毎日とり憑かれたようにインターネットで病状や治療法を検索しました。しかしどこのページを見ても「すぐ死ぬ」みたいなことしか書いてない。これ以上見ても逆効果、と分かっていてもつい見てしまう。心のどこかで「助かった事例はないのか」と期待してしまう。そして絶望する。まるで自虐行為です。

発熱を繰り返す状態では抗がん剤を受けることも難しいと言われ、ただいたずらに日々が過ぎ去っていきました。その間、主治医や他の先生方が、頻繁にベッドサイドに来てくれ、様子を見てくれました。その熱心さが救いでした。僕はその熱心な主治医との出会いに感謝し、生きるも死ぬもこの病院に任せようと決意しました。

絶望的な言葉

13日の19時ごろ。熱が下がった状態で安定しました。ようやく抗がん剤投与の治療ができるようになり、主治医が話があるということで家族と共に聞きました。その時、主治医が告げたのは絶望的な言葉でした。

「この状況では新薬は99％無理です」

「え」

「これほど炎症が起きた状態ではリスクが高すぎると判断します」

「……」

僕の心は完全に折れてしまいました。新薬が効くかもしれない、という可能性で、希望を持って頑張ろうと思っていた矢先、なぜこんな仕打ちを受けなければならないのだろう、と。

「どうしても無理なんですか」

「はい……」

僕はどうしても諦めきれず、可能性はないと分かっていながら、新薬を担当するはずだった先生と、面談だけはしたいと言いました。主治医はすでに新薬の投与は断られていると言いましたが、どうしても可能性を減らされたくなかったのです。

11月20日。

藁をもすがる思いで新薬を扱う担当の先生に面談に行きました。主治医は99％、無理だと言ったが、残り1％があるならそれにかけたい。重い身体を引きずるように受付へ行き、予約の旨を伝えました。しかし予約しているにもかかわらず、待合室で2時間以上待たされました。イライラと疲労で表情も暗かったと思います。やっと呼ばれて診察室に入りました。

「今の身体の状態だと、リスクが高く危険です」

「やはりだめですか」

「やめたほうがいいでしょうね」

それ以上、何も言えませんでした。数時間待たされたあげく、たった数分の診察。結果は何も変わりません。身体を引きずるように病院をあとにするしかありませんでした。

僕は猛烈に腹が立っていました。腹が立って腹が立って涙がこみ上げてきました。こんなにもがいて、あがいて、なんとか生きたいと必死になっている患者に対し、なぜ同じように必死になってくれないのか、と。

たった2種類の抗がん剤で闘えと？　もしその2種類が適応しなければ終わりだなんて、あまりにも酷い。もしこの2種類の抗がん剤が効かなくなったら僕はどうなるのでしょうか。

「もうあなたに施す治療法はありません。緩和ケアへどうぞ」

と、あっさり切られてしまうのでしょうか。まだ生きたい、頑張りたいと思っているのに。

僕は、苛立《いらだ》ちを胸に主治医のもとに戻り、腹立ちまぎれに言いました。

「本当に、本当に、他の治療法はもうないのですか」

主治医の答えは、こうでした。

「あるとは聞いていますが……、私には全く分からないですね」

あるとは聞いている。つまり、ゼロではないのです。

しかし、その方法を探して歩くエネルギーがこの時の僕に残っていたかというと、皆無でした。それに、信頼する主治医が「分からない」というのならば、日本中の誰に聞いたって分からないのだろう、と思いました。

僕の心を「諦め」という言葉が静かに蝕んできていました。

「もう長くはない」

そう思い、毎日、病室の天井を見つめてただ涙を流しながら、この憎たらしい病気を呪いました。どう頑張ろうとしても、もう気力は湧きませんでした。もうおとなしく死んでゆくしかないのか、と。

昼間、誰かが病室にいてくれるときは冷静にしていられるのですが、夜に一人になると、もうこの病院から出られることはない、と覚悟を決めて、暗い気持ちでいました。

新薬が使えない、そしてたった2種類の抗がん剤も効かなくなったとき、すべての治療は終了します。もはや打つ手なし。「緩和治療」という黄泉《よみ》の国への切符を手渡されることになるのです。その日が刻一刻と足音を立てて迫ってくるようで、ひどく怖く、心細く、そして悲痛な表情で僕を見守る家族や仲間たちに申し訳なくて、ただただ泣くことしかできませんでした。

僕は絶対に聞かないようにしていたのですが、この頃、家族は僕に内緒で、主治医に余命を聞いていたそうです。この時主治医が告げた余命は、もって年内。

つまり、あと2カ月でした。

第二章　病の前兆

スタントマンとアクション監督

僕は48歳で、突然のがん宣告をされました。

胆管がん。肝臓にも転移、ステージ4。つまりは末期。胆管の炎症も酷く、肝臓への転移も告げられ、余命は……2ヵ月。

しかしこれが本当に「突然」のことだったのか？

どうしてこんなことになってしまったのか、振り返ると生活習慣の悪さもあるとは思うのですが、実際大きな原因として考えられるのはストレスではないかと思うのです。

僕の仕事は、スタントやアクションをテレビや映画の中で表現する事でした。「ボス」の愛称で親しまれる僕の親父は、カースタントのパイオニアと言われた髙橋勝大。15歳でキャリアを積みはじめて50年。タカハシレーシングを立ち上げ、カースタント（二輪・四輪）をはじめ、組み手・剣術などのボディースタント、劇用煙火操演、劇用馬術の調教、馬術スタント、ワイヤーアクション、潜水・船舶操演などを通じ、映画やテレビ、各種イベント、CMなどに多数出演しています。

名実ともに日本に「スタントマン」という言葉を定着させた先駆者なのです。

ボスのことは、ある意味天才だと思います。今、ドラマや映像で普通に使われている、走行する劇用車を引っ張りながら車に乗せたカメラで撮影する「牽引」という技術は、実はボスが作ったんです。カースタントに必要な方法や部材も、すべて自分で考案して作ってしまうんです。なんでもできるので超人だと思われていますが、実は人の10倍以上も準備に時間をかけますし、トレーニングも怠らない、努力の人なのだと思います。

昔は、ボスはとても厳しくて怖い存在でした。タカハシレーシングに所属するスタントマンたちも大勢いましたが、やめていく人も多くいました。カッコよさに憧れて入ってきた後、訓練の厳しさに耐え兼ねてひと月あまりで寮を逃げ出す多くの若者たちを見ていて、この仕事はセンスや勘が良く、また根性がないとできないなと思ってました。

僕は子供の頃からボスのアクションに親しんでいましたし、父譲りで勘も良かったのでしょう。16歳でバイクの免許を取るや否や、現場に駆り出されました。

18歳で車の免許を取ると、今度はとたんにカースタントに駆り出されます。転がる車、ぶつかる車、など様々なアクションの運転を文字通り体当たりでこなしていきました。誰に教えてもらったというわけではなく、現場で覚えていったという感じです。

ボスもそうなのですが、僕もかなりの臆病者ですし、物事には慎重にあたるタイプです。よくタカハシレーシングのスタントといえば「命知らず」と思われがちですが、無茶なことは決してしません。

スタント界でボスの作った伝説は数々ありますが、その中で誇れるものは、どれほど危険なスタントを引き受けても決して死人を出していないということだと思います。多少の怪我はつきものですが、スタントは危険に対して臆病でないと務まらない仕事なのだと思います。

そうやって僕はとても自然にこの道に進み、いつのまにか自分も「スタントマン」と呼ばれる一人となっていました。

思い返せば、スタントを引退した26歳までに、年間数百本の映画・ドラマ制作に参加しました。

スタントマン引退後は様々な仕事をしましたが、3年前に仲間と制作会社を立ち上げ、都内にオフィスも構えました。大好きなハワイの海辺を連想させるような内装で、夏には裏口でアイスクリームを売ったりもできる遊び心たっぷりの会社です。

僕は好奇心も強く、いろんな場所や物事に興味が湧くので趣味も多岐に渡ります。サーフィンやサッカー、釣り。仕事柄、カメラの技術やインターネット配信にも精通しています。僕もボスと同じで、かなり器用なタイプなのだと思います。そんな場所で信頼できる仲間たちと、イベント企画運営をしたり、熱中していたサーフィンの縁でプロサーフィンツアーのスポンサープロモートを引き受けたり、もちろんアクションタレントも数名抱えて映像製作の仕事なども行い、多くの方々とのご縁に支えられて充実した日々を忙しく過ごしていました。サッカーの社会人リーグに所属してプレーしていた時期もありました。

最近では、中国製作の映画でアクション監督としてもチャンスをいただき、得難い経験をさせてもらいました。「アクション監督」という仕事は想像以上に僕を熱中させました。映画を撮るということに関する情熱がこんなにも自分にあったのだと発見し、これからの自分の進路が見えた気がしていました。

野人

その矢先のがん告知です。

相当に悪くなるまで放っておいたのは、きっと自分の身体に対する過信だったのかもしれません。子供の頃からスタントマンとして鍛えていましたし、サッカーも大好きで自信がありました。得意のサーフィンもそれなりの技量がありました。もちろん身体は丈夫なほうで体格も良く、肌もいつも日焼けして浅黒く、まさに「野人」。

人に豪快な印象を与えるせいか、「大酒飲み」だとよく勘違いされていました。が、実は酒は一切飲みません。タバコも興味なく、吸ったことはないんです。ですから、この若さでこれほどの病魔に襲われるとは、まさに青天の霹靂《へきれき》でした。

まさか自分が大きな病気になるなんてありえないと高をくくっていたのかもしれません。少しくらい不調でも大丈夫だと思ってしまう。そのせいで、前兆を見過ごしてしまったのだと思います。今思い返せば、前兆は確かにあったのですから。

30代に前兆

最初におかしいぞと思ったのが34歳頃だったでしょうか。突然、足首がちぎれるほどの痛みを感じました。捻挫《ねんざ》か、筋を痛めたのかと決めつけていました。少し考えれば、捻挫した記憶もないのに痛むのは痛風以外にはないと思うのですが、本人としては認めたくないと思ってしまうもので、かなり酷くならないと病院には行こうとはしませんでした。次第に痛みのくる間隔が狭くなり、1年後には通風と診断されました。

その頃、すでにスタントマンは引退していました。趣味の一つだったサッカーもやめており、75kgだった体重は98kgまで増えていました。完全な肥満体型です。

その後、40代にかけて、仕事でのストレスが原因なのか、高血圧も発症していました。しかしこれも「よくあること」と深刻には捉えず、なんとなくダイエットしながら騙し騙し日々を送っていました。これらのことと、この先の病との因果関係は定かではありませんが、一つの前兆ではあったのかと思います。

やがて、告知を受ける1年半前の2016年の春頃から、激しい運動をすると動悸が止まらなくなりました。さすがの僕もこの動悸の激しさは気になり始めました。さらには背中が痛んだり、寝る前になると胸が痛むようになってきたんです。ドン、ドン、ドンと突き上げるような、まるで心臓が壊れたかのような痛みで、恐怖心にかられました。いわゆるパニック障害のような症状です。

ついに観念して病院に行こうとすると症状がおさまり、結局行かずじまいになってしまったことも何度かありました。こういった、いわゆる自律神経系の異変が現れてきたことが、一つのサインだったのではないかと今では思います。この時、身体がどこかで悲鳴を上げていることにもっと早く気付き、自分をケアすることができていたら、こんなに酷い事態にはならなかったのではないかと思うのです。

ストレスと免疫力の低下

どうしてがんなんかになってしまったんだろう。この問いに対するはっきりとした答えは分かりません。けれど何度となく自分に問うてしまいます。僕の場合、酒もタバコもやりませんし、さほど酷い生活を送っていたわけでもないと思っています。ですからやはり、思い当たるのはストレスなんです。

こういう話をすると「スタントは神経削るからね」と言われそうですが、実はスタントの仕事でストレスを抱えたことは殆《ほとん》どないと思います。もちろんいつ死んでもおかしくないような危険に晒されるため、恐怖感や不安感もありますが、同じくらい爽快感や達成感も得られる仕事です。やっている最中にはアドレナリンを多く分泌するのか、「怖い」とか「嫌だ」とかいうよりも、「楽しい」という感情のほうが勝っていました。ですから、スタントの仕事が嫌になることは殆どありませんでした。

僕がダメージを受けたとすると、やはり仕事やプライベートでの人間関係から引き起こされるストレスだったのではないかと思うのです。僕は人を信じやすく、信じた人間には自分の手の内をきちんと見せます。それがフェアだと思うからです。しかし、それが仇《あだ》となり、ビジネスパートナーや親友として信じていた人間から裏切られたりしたことは一度や二度ではありません。

一番苦しかったのは、今から10年ほど前。僕は当時、焼き肉店を経営していました。宮崎県随一の精肉店から指南を受けた、かなりの繁盛店だったんです。しかしその評判により、店を乗っ取ろうとする連中も現れました。僕は上手い話には乗らないように気を付けていたのですが、巧妙に罠にはめられて多額の借金を作り、店を取り上げられてしまいました。さらにリーマンショックの煽《あお》りを受けて、同時運営していた映像番組製作会社も立ち往生し、借金は膨れ上がり、会社は倒産に追い込まれました。

会社が倒産し莫大な借金を作ると首を吊りたくなる、これはドラマの中だけのことではありません。僕もまさにそんな絶体絶命のピンチに立たされていました。しかし僕には守るべき家族がいました。このピンチを切り抜けるために必死で金融についての猛勉強をし、自分の手でなんとか責務処理を行ったおかげでギリギリ首を繋ぎました。しかしこの時の重圧とストレスは語り尽くせません。

8年前、そんな家族とも別れる日がきました。夫婦でちゃんと話し合って決めた離婚という決断ですから、後悔はありませんが、やはり辛かったのは息子と会えなくなること。僕は息子に自分のやってきたサッカーやサーフィンをさせたくて、成長をずっと楽しみに見守ってきました。離れた今でも気持ちは変わりませんが、やはり会えなくなるのは悲しい。僕以上に、息子が寂しい思いをしていることを考えるともっと辛くなります。

これらのことが病気に直結しているか、というともちろんそうだと断定はできません。しかし心的なストレスで一気に免疫力が低下することは周知の事実で、この頃の僕の身体は見た目とは裏腹に痛めつけられてしまっていたのかもしれません。

長い人生、いろいろなことがあります。人を恨みたくなることも死にたくなることも、叫びだしたくなることも。ストレスを受けるな、というほうが無理なのかもしれません。僕はこれまでの人生、後悔はしていません。だけど、こんな大病になる前に回避できる方法はなかったのか、とあの頃の自分に問い質したいような気持ちもあります。

突如押し寄せる睡魔と虚脱感

こうして少しずつ少しずつ、病の兆候は色濃くなっていきました。

前述のように、日常生活の中でいきなり眠くなることが多くなっていきました。発病する1年以上前から、仕事中に急に眠くなり「ちょっと寝ていい？」といってオフィス内で横になることもしばしばでした。突然身体がスイッチをオフするかのような感じです。

「はあ〜っ」と溜息が出てしまうくらいの虚脱感や怠さが波のようにやってきます。

しかし、少し寝たり、しばらく時が経ったりすると、またシャキっとするので、あまり深く受け止めることはできず、そのまま仕事を続行していました。

2017年1月、本格的に体調を崩し、出勤もままならなかったため、かかりつけ医で血液検査をしました。その時には「様子を見ましょう」ということで、点滴だけ打ってもらい、帰宅しました。今思えば、恐らくはここが始まりだったのでしょう。なぜなら、その時の血液検査の結果に、異常な数値がしっかりと出ていたからです。

実は「γ《ガンマ》－GTP」の数値がかなり高かったのです。

「γ－GTP」とは「ガンマ－グルタミルトランスペプチダーゼ」のことで、肝臓だけでなく、腎臓や膵臓などに含まれている解毒に関わる酵素です。おもに、肝臓や胆管の細胞に傷がつき、死滅したときに血液中で上昇すると考えられています。従って「γ－GTP」が高い場合には、肝臓や胆管になんらかの異常が起きている可能性があるということなんです。もっとも多いのは、アルコールの過剰摂取による肝障害。僕もその時、医師からこう言われました。

「最近、お酒の飲みすぎですね」

お話ししたように、僕は酒は一切飲みません。

が、見た目でよく大酒飲みに間違えられます。今ではもうそれが僕のキャラクターだと思っていましたし、周囲からもよく言われることだったので、その時の医師の発言にも僕は反論しませんでした。

そしてここが大問題だったと、今更ながらに悔やむ思いです。

もし、その時の僕が医師に「一切飲酒をしていないです」と言っていたら、早く異変に気付くことが出来来、何か対策を打てたのかもしれません。飲酒をしていない場合、脂肪肝、肝炎、肝硬変、肝がんの疑いが考えられるからです。しかし、この時の僕は医師の言葉に思わず「はは」と苦笑いをするだけで終わってしまいました。「飲みすぎ」と言われる程度なら問題ないか、とつい流してしまったのです。

思い込みや自己判断は、本当に怖いことです。

この時の医師の「酒のせいだろう」という思い込み、そして僕の「その程度なら大丈夫かな」という自己判断。もし、この時の医師がこの数値の高さを純粋に疑問に思ってくれていたら、そして僕がちゃんと事実を説明できていたら……。

最初に言ったことをもう一度繰り返します。

自分の命を守れるのは、自分だけです。

病院で診察や検査を受けた時、ふとした疑問点や気になったことは、絶対に流さないようにする。これが鉄則です。どれだけ医師が「大丈夫ですよ」とか「様子を見ましょう」と言っても、自分が納得できなければ納得しない。もし答えが出ないようなら、答えを出してくれる医師を探して他をあたるべきなのです。

自分の命に責任が持てるかどうかは、その些細な勇気にかかっているのです。

いつもと違う自分

検査の後も、当然のことながら体調はあまり改善しませんでした。血圧も高いままで、なんとなく毎日が怠い……という症状が続きました。おそらく僕の知らぬところで病気が進行していたのでしょうが、そんなことは露も思いません。

「年には勝てねえな」

なんて言いながら、楽観的に日々を過ごし続けました。

結局僕は、その年の10月にがん宣告を受けるまで、この1月に受けた採血しか検査をしなかったのです。毎日が忙殺されてゆく中、自ら病院へ行くことはなかなか難しいことなのです。忙しい現代の大人には共感していただけることでしょう。

いよいよ変だぞと思ったのは、8月末に行われたJPSA（一般社団法人日本プロサーフィン連盟）主催のプロサーフィン大会の時でした。その頃はだいぶ身体も疲れやすくなっていて、眠気も激しくなっていましたし、仕事も休みがちでした。しかしこれは僕が初めてプロモートした大会だったので、これだけは休めない、と無理して茨城まで行ったのですが、往復の車中ではひたすら寝てるだけで何もできず、本当に身体が怠くて怠くて、何かするたびに「ハァ～っ」と、うなだれてしまうのです。大好きなサーフィンもせず、ただぼんやりと3日間を過ごしている状態。

「いつもと違う……」

もう一人の自分がそう警鐘を鳴らしました。

「いつもと違う」

それは誰にでも分かることです。そして、とても怖いサインです。この気付きに従えるか否かが、分かれ目になってくると僕は思います。

僕の場合は、本当にギリギリにならなければ動けませんでした。実際に病院に行ったのは10月でした。8月に気付いたのにもかかわらず、です。この時点で1カ月以上も経過しています。そして、気付いた時にはもう後戻りできない状態になっていたのです。

第三章　運命の出会い

抗がん剤と副作用

僕は、自分のがんを発見してくれた主治医を信頼していました。この先生と病気を克服するのだ、と決めていました。

ですから新薬への望みが断たれた時、もう他の選択肢はないのだと腹をくくることにしたのです。そして、重い重い気持ちを引きずりながら体調を整えていきました。たった2種類の抗がん剤で闘うための準備です。まるで死の階段を昇るような気持ちで。

11月22日。2種類の抗がん剤（「ゲムシタビン」と「シスプラチン」）投与を2週間にわたって行う治療が開始されました。

投与の期間は朝から晩まで。腕に点滴の針が刺さったままです。病院嫌いの僕は、注射針も大嫌いです。その針がずっと刺さった状態が、どれほどのストレスか、想像に難くないと思います。しかし世間でよく聞く「抗がん剤の副作用」とやらがいつどんな風に襲ってくるのか、それが何よりも恐怖で、気分も重く憂鬱《ゆううつ》でした。

しかし、何はともあれ治療は始まったのです。

何もできなくて手をこまねいている状態からは脱しました。たった2種類とはいえ、この薬が効いてくれたら僕の命は少しずつ長らえていくことができるかもしれない。まだまだ望みは捨てないと、つとめて明るく振舞うようにしました。

1日目、2日目は何の問題もなく過ぎました。普通に病室にいて起き上がったり話したりもできましたし、副作用も感じません。病室には友人たちが次々と見舞いに訪れてくれるようになりました。ここまできたらさすがに仕事の取引先や友人にも知らせないわけにはいかず、毎日誰かが僕が入院していることを聞きつけては顔を見にきてくれるようになり、それが大きな励みとなりました。やはり人と話していると明るい気持ちになれます。副作用もあまり感じず、体調も安定していたので、僕は少し安心していました。これなら続けていけそうだと。

しかし3日目。明け方、突然の悪寒に襲われました。思い出すのも嫌なあの感覚。発熱です。39℃。敗血症になったときの恐怖が再び蘇《よみがえ》りました。まさか、このまま連れていかれるってことはないよな……震えながら心の中で必死に闘っていました。早く行き過ぎてくれ！　と祈りました。

『明日の俺に会いたい』

苦し紛れに日記に書いた一言。明日になれば、明日がくれば、この辛さが和らいでいるだろうと信じて、辛い一時一時を耐えていました。

少しずつ熱による辛さが和らぎましたが、今度は鳩尾《みぞおち》の痛みに悩まされました。すべては副作用であることは分かっていても不安が消えません。

「副作用は病気じゃない！」

自分にそう言い聞かせ、どれほど辛くても食事は完食し、頑張ろうとしました。絶対に絶対に負けたくない。

僕自身は、平気に明るくしているつもりでしたが、明らかに必死の形相をしていたのだと思います。周囲が次第に騒がしくなってきました。見舞いに来てくれる友人や仲間たちの間で「あいつ本当に大丈夫なのか？」と心配する人が増え、彼らが動き始めてくれたのです。

友人からの提案

「他の治療法・医者を探す」

彼らはインターネットだけではなく、人脈を通じて、新しいがん治療を推進するドクターに実際にコンタクトを取ろうと動いてくれたのです。

その中でも精力的に動いてくれたのはミカさんでした。ミカさんは、小学校時代からの付き合い、つまり地元の先輩です。姉御肌で竹を割ったような性格で、今までにも僕は何度も助けられてきた恩人ですが、この時もミカさんの行動は素早く、そして強引でした。

アメリカで光治療を学んできた日本人のドクターと繋がったと、病室に訪ねて来てくれたのは11月25日のことでした。

米国立衛生研究所の小林久隆主任研究員が開発した「がん光免疫療法」は、がん細胞に比較的発現の多いＥＧＦＲ（上皮成長因子レセプター）に結合する抗体に、光（近赤外線）が当たった時だけ反応する物質を人工的に結合させ、がん細胞に抗体を結合させる技術です。近赤外光を照射すると、光が当たっている部分だけ光感受性物質が化学反応を起こしてがん細胞の膜を破壊します。

しかも光が当たらない細胞や、抗体が結合していない細胞には障害もないというのです。少量の抗体に光感受性物質を結合し、がん細胞だけが死ぬように工夫されているそうなのです。この技術だけ聞けば、素晴らしい治療法です。それを日本で施してくれる先生と繋がったというのは本当に凄いこと。

しかし、この光治療は局所治療には向いていていても、僕のような全身治療を必要とする胆管がんの患者には向かないとされていて、僕の症状には合いません。せっかくのミカさんの好意を、諦めざるをえませんでした。

しかも、その頃の僕は「この病院で病を治す」と固く心に決めてしまっていて、他の治療法や先生のところへ行くなど考えることもできませんでした。

投与開始5日目。背中とお腹の痛みが酷くなってきていました。それも副作用です。怠さと痛みのダブルパンチはなかなかに辛い。兄貴がずっと傍に付き添い、背中をさすってくれました。ずっとさすり続けてくれる手が温かくて有難くて、涙が出るほど安心しました。僕はなるべく心配をかけないように、辛い顔を見せないように、必死で自分と闘いました。

11月29日。抗がん剤も2クール目に突入すると、副作用は慢性化し、背中の痛み、腹痛、頭痛と幾重にも重なって、もう身も心も疲れ果てていきました。

本当にこの先も頑張っていけるのか、だんだん不安が暗雲のように頭の上にたちこめていきました。しかしどれだけ不安でも副作用が憂鬱でも、やめるわけにはいきません。

自分がいた世界

12月に入りました。世の中は師走です。病院の中にもクリスマスツリーが飾られ、壁にも装飾が施されました。

「師走か……」

クリスマスの装飾を見て、家に帰りたくなりました。家に、というか元々自分がいた世界に。いつの間にか、健康だったころの自分を過去のものとして切り離してしまっていることに気付きました。元気な時と発病した後では、ほんのわずかな時間しか経っていないのに、住む世界がまったく違ってしまっている……。僕はもう、もといた明るい世界には帰れないのだ……そんな暗い気持ちでツリーの電飾を眺めていました。

「帰りてぇ……」

ベッドの中でそう呟くも、どうしようもありません。世の中はクリスマスムードでも、僕は治療に専念することしかできないのです。それから2日ほどすると、少しずつ副作用が抜けて楽になっていきました。

採血検査が行われ、予想通り白血球の数値が下がっていました。これは抗がん剤の作用によるもので、この数値がぶり返せば効果が出ていることが確認されます。副作用による背中とお腹の痛みは続いていましたが、続ければきっと良くなると前向きに頑張ろうと思いました。

が、僕の思いとは裏腹に、身体は言うことを聞かなくなってきました。次第にベッドに横になる日が増えていったのです。抗がん剤の副作用の出方は人によって様々だそうですが、腹痛や高熱、倦怠感、吐き気、我慢の連続に、気持ちも表情もどんどん暗くなっていき、生きることに対しての情熱が日に日に薄らいでいくのが分かりました。

この頃から、友人知人のことがますます気になり始めました。古い仲間や、幼い頃の友人、最近疎遠の知人……。動けない身体のまま病室の窓の外を眺めながら「あいつ、どうしているのかな……」と考えるようになりました。不思議なことに、思い出そうとしなくても勝手に脳裏に浮かんでくるのです。そして「会いたいな……」と思うのです。

同時に、少し動けるような日には、本格的に会社の引継ぎを始めました。病室に曽我をはじめとしたスタッフを呼びよせ、行政書士も呼んで、今後について話しました。

「俺がいなくなったら」

代表取締役の変更、会社の口座や暗証番号の開示、書類などが保管されている場所やその内容などを詳しく伝えました。みんな揃って葬式のような顔をしていました。

ベッドの中で少しでも頭の働く日は、スマホの中の写真やメール整理です。いつ死んでもいいように、他人に見られたくない内容を次々と消去していきました。

周囲は本気で「死ぬことを考えるな」と言いました。僕だって嫌だった。でも、死にたくないと口では言っていても、心の奥底で「覚悟を決めろ」という声が聞こえてくるのです。

仲間たちが動き出す

「このままじゃ幸司は本当に死ぬぞ」

家族や仕事仲間や、幼い頃からの地元の先輩たちは、より一層熱心に、なんとか助かる方法はないのかと、他の病院や治療法はないのかと探し続けてくれました。そして以前よりも頻繁に僕の病室に仲間たちが出入りするようになりました。

しかし、その頃の僕はやはり、他の治療法や先生を頼る気にはなれませんでした。

「俺はこの先生のもとで死ぬと決めたんだ」

まるでサムライのようなこの覚悟を僕は大真面目にしていました。今思い返すと、なぜあんなに意固地になっていたのか少しおかしくすらありますが、それが不治の病と闘う人間の精神状態なんです。他の人の意見には聞く耳を持とうとしませんでした。もっと正確に言うと、身体が辛くて、とても新しい何かに心を向ける気力すらなかった。

僕は熱心な主治医を信じていましたし、彼が一生懸命治療してくれることに感謝もしていました。その人の期待を裏切りたくないとさえ思っていたのです。

しかし。僕の中に大きな揺さぶりをかける変化が起きました。

神様の手

12月6日のことです。

仲間の中心となって治療法を探し続けていてくれたミカさんが、僕の病室にすっ飛んできました。彼女は入ってくるなりこう言いました。

「熊本にがんの治療で成果を上げてる先生がいる、アポが取れた、行こう！」

僕はその日、副作用の吐き気が酷く、ベッドの上で朦朧としていました。ミカさんの声と言葉は届いていましたが、まったく気乗りがしません。力なく「そう……」と言っただけで、それ以上は聞こうとしませんでした。聞く気持ちになれなかったのです。

しばらくして症状もマシになり、起き上がれるようになりました。ミカさんは断固として動かず、僕をその先生に引き合わせるつもりでした。

「今ちょうどその先生が仕事で東京に来てて、9日の午後にアポが取れたよ」

「でもこんな状態だから……」

僕はなんとか断る理由を考えていました。とにかく、もうエネルギーが残っていないのです。新しい人や新しい物事に踏み出す気力がありません。僕は今の主治医のもとで頑張っていく、そう言いました。たとえそれが死の階段を登ることになろうとも。

普通の人なら、それで諦めるでしょう。しかし、ミカさんは絶対に引きませんでした。

「会うだけでも会ってみてよ。東條さんの飲み仲間だから、気負わなくて大丈夫」

「飲み仲間……？」

東條さん、というのはミカさんの仕事仲間です。奇遇なことに、以前僕が所属していたサッカー社会人リーグの先輩でもありました。有難くもあったのですが、しかしその「飲み仲間」という情報に「なに、それ……」と呟《つぶや》き、とても起き上がれる状態じゃない……と断ろうとした時、ミカさんが決着をつけるように言いました。

「明日ちょうど一時退院だよね。大丈夫、一緒に行くから」

今思えば、このミカさんの強引さが、僕にとっては神様の手だったのだと思います。そしてこの時、差し出された手こそが、これまで僕が歩んできた人生の答え合わせだったように思います。


僕はこれまでの人生の中で、関わる人と人とのご縁を大切に生きてきました。どの仕事もそうですが、特に僕たちのような芸能の仕事は、いろいろな人のご縁があって、たくさんの良い出会いに恵まれて成り立っています。僕という存在を見つけて、引き上げてくれた目上の方々、一緒に頑張ってくれる仲間たち、そしてそんな僕らについてきてくれる後輩たち…。ご縁というのは、一つひとつの積み重ねなんです。

これはボスの教えでもあるのですが、まずは一つの縁を拾うところから始め、二つ、三つ、四つと重ねて、やっと「五（ご）縁」になる、と。その「ご縁」が円になって広がって、さらにいい「ご縁」がたくさん巡ってくる。だから、人生において、最初の一縁（いちえん）をどこで拾い、それをどう扱うかが大事だと思うんです。

僕は、人に裏切られたことはありますが、裏切ったことは一度もありません。誰かの大事な人に勝手に接触したり、自分の利益のために利用しようとしたこともありません。僕は友達や仲間が本当に多いと思いますが、その一人一人に対し、絶対に失礼なことはしない、誠意と礼儀と節度をもって接することができていると自負しています。僕の人生はそれだけで成り立ってきたと言っても過言ではないのです。

そうやって人を大切にして生きてきた、そのために傷ついたことも痛い目に遭わされたこともあったけれど、こうして僕の人生が危機を迎えた時に、周囲の人々が必死で手を伸ばしてくれたこと。それが、僕の生き方に対する神様からの答えだったならば、僕は間違っていなかったと心から思えるのです。

そんなミカさんの有無を言わせぬ強引さとエネルギーは、僕だけでなく僕の家族の気持ちをも動かしました。がんになった本人とその家族は、周囲が想像する以上に疲弊してますから、そんな人たちを全力で動かせる誰かが傍にいるかどうかというのも、人生の分かれ目になってくるような気がします。僕は、本当にこの時のミカさんに救われました。

そして翌7日に2クール目の抗がん剤投与を終え、一時退院した僕は、家族に付き添われて自宅に戻りました。副作用は相変わらず付きまといましたが、とりあえず病院から出られたことでストレスから解放され、ホッとしていました。


ブラック・ジャック登場！


そして約束の12月9日。

副作用による腹痛と頭痛はおさまらず、朝から体調は絶不調。自分の意志も満足に働いていないような状況でした。

「やっぱり無理……」

そう言いたい気持ちは、ミカさんの「行こう！」というエネルギーにかき消されて、僕は力を振り絞るしかありませんでした。約束の時間は14時。場所は代々木。視界は狭く、身体は鉛のように重く、気持ちは深く沈んでいました。しかし目に見えない何かに引っ張られたように、僕の身体は動きました。あの最悪の状況の中で、なぜ代々木まで身体を持って行けたのか不思議に思います。ミカさんと共に東條さんも付き添ってくれていました。

約束の場所に現れたのは、想像とはまるで違う人でした。「凄い先生」というミカさんの前評判は一切感じられない、なんだかフワ～っとしたような掴みどころのないような男、そんな印象です。年齢は50代半ば～60代くらいでしょうか。中背中肉。スーツを着ているので、一見ビジネスマンのようにも見えます。なんとなく優し気な、しかしどこを見ているのか分からないような視線に、得体の知れなさも感じます。

その先生が僕を見るなり、開口一番こう言ったのです。

「いや～、顔色悪いねぇ」

悪いから来たんだろ！　と、心の中でツッコみました。しかしその先生はそんな僕をみて、うっすらと笑っているようにも見えます。一体なんなんだこの人は！　ここまで決死の覚悟でやってきたっていうのに、こんなヤブ医者じゃ全く意味がなかったんじゃないか、とすら思いましたが、来てしまったからには仕方がありません。僕たちは着席して話をすることにしました。

ミカさんが、ろくに喋れない僕に代わってこれまでの経緯を話してくれました。先生は、じーっとミカさんの話に耳を傾けていました。

僕が10月に体調を崩し、検査を受けた時にはもう手遅れ、ステージ4だと診断されたこと、敗血症になり新薬のトライが断られてしまったこと、現在は従来の2種類の抗がん剤で治療を続けていること……事細かいミカさんの説明に対し、先生は、時々「うん」と相槌を打つだけで、全く何も話しません。僕はいよいよ彼に対して疑惑の念を抱き始めました。その時です。

「新薬はやらなくて正解だね」

新薬のトライは絶対にダメ、それだけではなく、今の身体のままではこのまま抗がん剤を続けてもやがては効かなくなる可能性が高いというのです。

「別の治療法を探る必要があります」

「別の……？」

「だって今のままじゃ治らないんだからしょうがないでしょう」

「はあ……」

「髙橋さん。まだ望みはありますよ」

先生の目は、まっすぐ僕を見ていました。その目線と言葉の力強さに僕は圧倒されていました。

まだ、望みはある。

その言葉には今まで築き上げてきた自分の城が、ドカーンと大砲で壊されるような、そんな破壊力がありました。同時に、僕の心に「生」に対する執着を再び呼び起こすような威力を持っていました。

自分は生きたかったんじゃなかったのか？

だから苦しい治療にも耐えようと思ったんじゃないのか？

それがいつの間にか、死ぬための準備を始めていた自分が生きたいと願う自分に勝っていたのです。意地になって突っ張って「死に場所は自分で決める」などと考えていたそれまでの自分がガラガラと音を立てて崩されていくようでした。

その先生の名は、赤木純児先生。

僕の命を、今もなおこの世界に繋ぎ止め続けてくれているブラック・ジャックです。

オプジーボとノーベル賞

赤木先生の話は、これまで告知から現在まで治療してきた自分にとって衝撃的なことばかりでした。先生の言葉を飲み込み、理解するまでにかなり時間がかかりました。

「髙橋さんの身体に今一番必要なのは免疫力だと私は考えています。ですから、免疫療法と呼ばれる治療法と併用して抗がん剤を用います。が、これまでの10～20％の量しか投与しません。副作用は殆どないと思います」

抗がん剤が10～20％で副作用がない、というのは、今まさに、副作用に苦しむ自分にとっては目の覚めるような言葉です。試してみたいという気持ちがムクムクと湧いてきて、体調が悪いことも薄らいでいくようでした。

ミカさんと東條さんが先を争うように具体的な治療開始について聞いてくれました。もし赤木先生に治療していただくとすれば、いつ、どこへ行けば……という質問には「熊本の病院で3カ月滞在」という答えが返ってきました。しかも、今すぐに。

僕は二人と顔を見合わせました。ミカさんは力強く頷いてくれました。しかし熊本に3カ月、とは思い切った選択です。

そして例によって、金銭的な心配も頭をよぎりました。赤木先生が僕の治療に勧めたのは、昨今新しく保険適用となったオプジーボと呼ばれる免疫チェックポイント阻害薬でした。2018年12月10日に本庶佑《ほんじょたすく》・京都大特別教授がこの薬の開発に大きな貢献をしたことでノーベル賞医学生理学賞を受賞しました。

赤木先生はこの薬を以前から取り入れた治療法で、すでに何十人もの末期がん患者を生存に導いているというのです。

しかし、残念なことにオプジーボは現在、日本で保険適用となっている患部は限られています。現在もその適用の範囲は広がりつつありますが、僕の場合のような胆管がんは未だ保険適用ではありません。つまり僕がオプジーボを用いた治療を受ける場合、保険外での自由診療という形を選ばねばならないのです。

保険適用外、ということでの大問題は、お金です。

これも病気にならないと気にも留めないのですが、僕たちが患者になってまず有難いのは日本の保険制度です。手術などの治療費も「高額療養費制度」として一定化され、莫大な治療費に苦しむ、という状況にはならないように工夫されています。しかし、保険適用外の薬を使おうとしたときには、自費ですべて負担しなければなりません。

その費用を支払う経済的体力が今の僕にあるのか……もはやギリギリの線です。実のところ、これまでの治療で自分の蓄えをだいぶ使ってしまっていたのです。もちろん命には代えられない。だけど、払いきれるかは分からない。

「ぜひ、前向きに検討させてください」

そう言って僕らは先生と別れました。

僕はすぐに決断することができませんでした。

のしかかる金銭的な問題。そして、治療を続けている最中、いきなり別の先生に変わってもいいものなのか。もちろん現在の主治医のことを信頼していましたし、先にも述べたようにここで治すと心に決めていたので、その決意を覆すことが容易ではなかったのです。それにもし、熊本に行っても、赤木先生の治療法が僕に合うとは限らない。もしかしたらダメになるかもしれない。そうなってからでは遅い……。

一日半、僕は悩みました。悩みに悩んで、悩み抜きました。

末期がんで「化学療法以外、打つ手なし」となり、いつ緩和ケアに回される運命が来るかと生きた心地もせず抗がん剤の副作用に苦しみ喘ぐがん難民の人たちが、それぞれの方法で活路を見出し、生存・完治という勝利を勝ち取った例を、この頃僕もインターネットや本で目にしていました。彼らの大多数がセカンドオピニオンで成功した、といっても過言ではありません。

「今のままじゃダメだ」

「絶対に死にたくない」

「生きたい！」

この生への執着と活力。それこそが僕たちの原動力です。「まだ望みはある」と、独自の治療法を提示してくださった赤木先生のまっすぐな言葉は忘れがたく、挑戦したいという気持ちが徐々に上回っていきました。モヤモヤした状態で抗がん剤の副作用に悩まされ続けるよりも、わずかでもその「望み」にかけて、闘うほうが自分には向いているかもしれない。新しいことに踏み出す勇気や気力が再び湧いてきたのです。

正直な気持ち

翌朝、12月11日。僕はボスに連絡をしました。

「熊本に行きたい。だから、話をさせてほしい」

すぐに会議が開かれました。ボスと兄貴、会社のスタッフ。僕は赤木先生の治療法のことを話し、自分の正直な気持ちを話しました。僕が熊本に行くには、周囲の援助が不可欠です。もう自分一人ではどうすることもできないから、僕は心からお願いをしました。とても自分勝手かもしれないけど、僕はどうしても生きたかった。その「生きたい」という気持ちを取り戻したからです。

「俺は、この先生に自分の命を預けてみたいと思った、だから行かせてください」

僕は頭を下げました。その場にいた皆はすでにミカさんから話を聞いていたのか、まるで僕がそう言いだすのを待っていたかのような顔で頷いてくれました。

「行ってこい」

ボスが言ってくれました。話し合う必要すらなく、全員一致で熊本行きに賛成してくれていました。おそらく、それほどまであの頃の自分の姿は酷かったのだと思います。その苦痛から解放されるだけでも治療法を変更する意義があると思ってくれたのかもしれません。

熊本行きを決断

12月12日。僕は思い切って電話を手に取りました。主治医に決断を告げるためです。

「転院し、熊本に行きたいと思います」

「ええ〜……？」

切り出した僕に、主治医はなんとも歯切れの悪い返事をしました。

「まだ抗がん剤投与の途中です。その結果も出ていない時期に変更はお勧めしません」

そう引き留められました。僕は心底、主治医に申し訳ないと思いました。今まで熱心に治療を続けてくれた医師を裏切ってしまったと思いました。

「免疫療法は、全く効果がないとは思いませんが極めてエビデンスが少ないので、今の高橋さんにとって、どこまで効果が出るかは分かりませんよ」

主治医はそう言いました。確かにそれはそうです。主治医が施してくれた治療は標準治療に乗っ取ったもので、もちろん最良とされているものです。それを赤木先生は、

「治らないんだからしょうがないでしょう」

と、別の治療法を引っ張り出そうという考えなのです。それが効く保証はどこにもありません。しかし僕の決意は揺らぎませんでした。自分の治療法は、自分で選ぼうと思いました。

それが自分の命に対する責任だと。

「決めたんです。先生にはこれまで本当にお世話になりました。熊本で頑張ります」

主治医は、やっと承諾してくれました。

紹介状を書いてもらい、取りに行く約束をすると僕は電話を切り、オフィスに向かいました。発病してからの日々は、これまでもろくに仕事は出来なかったけれど、これからは

しばらくオフィスに来ることはできません。今進んでいる案件を誰に託し、どのように成立させるかを指示し、顧客の方々に連絡をとり、残務を処理しました。身体は万全ではなかったけれど、心は前向きでどこか弾んだような気分でした。午後になってから病院へ向かいました。紹介状を受け取るためです。

主治医と顔を合わせるのが少し辛かったけれど、主治医は笑顔で迎えてくれました。

「いつ出発ですか」

「明日の朝です」

行き慣れた診察室で、僕は彼に頭を下げました。

「お世話になりました、ありがとうございました！」

「頑張ってください」

これまでの苦しさや、辛さや、痛みを分かち合ってきた先生。そう思うと、少し目頭が熱くなりました。でも、感謝と同時に、すべてを過去のものとして捨て去ろうと思いました。病院を後にし、歩き始めると本当に新しい自分に生まれ変わっていくような感覚になりました。

夕方になって、自宅で荷物をまとめているとふいにスマホが鳴りました。

「ナベさん！」

親友からの電話に僕は大きな声で返答しました。インタースタイルという、サーフィン等のボードカルチャーと、アウトドア・ファッションなどを中心としたビジネス展示会を主催する会社の社長です。ナベさんは大事な仕事仲間でもあり、親友でもありました。そんな彼が、僕が明日熊本に発つと聞いて、いてもたってもいられないと電話をかけてきてくれたのです。

「温泉行こう！」

誘ったのは僕でした。以前、ナベさんと一緒に都内の温泉へ銭湯がわりに出かけて行った思い出が蘇りました。久しぶりにそんな時間を過ごしたいと思ったのです。

僕たちは、一緒に風呂に浸かりながらいろいろな話をしました。ナベさんは、極力病気に関しては話さないようにしているようでした。

しかし帰り際、「頑張ってこいよ」と手を振ったナベさんの目から涙が落ちるのを見て、僕は自分の感情を抑えることができませんでした。大の男二人が泣きながら手を振りあう姿は、はたからみればさぞ滑稽だったでしょう。笑顔で「行ってきます！」と言いたいのに、これが今生の別れになるかもしれない……という嫌な予感がどうしても付きまとって離れないのです。絶対に会える、また会えると自分に言い聞かせ、

「大丈夫だから」

と繰り返し、僕たちは別れました。人と別れることがこんなに辛いものだったということ

とを、僕は知りました。元気な時はいつも明日があると思っていて、「またね」なんて軽々しく口にしているけれど、その「また」の日が本当に来るかどうかなんて誰にも分からない。だからこそ、一緒にいる一瞬一瞬を大切にしなければならないと。

ボスとの約束

夜、出発の準備を整えて、そろそろ寝ようとしていた時でした。

ボスがふいに訪ねてきたのです。僕は少し驚きました。病気になる前は、こうしてボスと二人でじっくり向き合うこともあまりありませんでした。それどころか、仕事や家族のことで意見が割れ、大喧嘩することのほうが多かったように思います。

ボスには、これからは悠々自適に楽しんで老後を送る……そんな生活が待っているはずでした。しかしボスは、発病して以来、その話をすることは一切ありませんでした。まずは病気を治すことに専念してほしいと思っていたのでしょうし、もしかしたら僕が死ぬかもしれないと覚悟していたのかもしれません。

僕たちはもとから会話の多い親子ではありませんでしたが、その夜も、たくさんの想いを胸に抱えながらも、やはり言葉少なに向かい合っていました。

「持って行け」

ふいにボスがポケットから封筒を出しました。見ると、札束が封筒いっぱいに詰め込まれていました。僕は言葉を失いました。

「頑張れよ」

ぽろりと涙が落ちました。

「ごめん」と小さく呟くのが精一杯でした。本当に、親不孝な息子でごめんなさい。熊本に行って、少しでも未来が見えたら、絶対にそれを掴み取ってくる。必ず、ここに戻ってくる。心で誓った想いは何一つ言葉にならず、僕はボスの前でただ涙を流し続けていました。


翌12月13日の早朝。雲一つない冬晴れ。

キンと張りつめた空気の中、僕はスーツケースを抱えて自宅を出ました。頭痛は続き、身体はフラフラとしていました。とにかく、熊本までこの身体を持って行かなければ。先のことは何も考えられず、ただ目的地に到着することだけを目指しての出発です。紹介状をしっかりと鞄にしまいました。もう後には引けません。決めた道を行くしかないのです。熊本までは、ミカさんが同行してくれることになっていました。真っ青な空の下、僕たちは羽田空港へと向かいました。

10月に受けたがんの告知から2ヵ月。僕の余命は、期限が迫っていました。

第四章　一度目の奇跡

いざ、熊本へ！

「富士山だ！」

思わず隣の座席のミカさんに言いました。静岡県の地上からははるか上空、飛行機の小さな窓から見下ろすと真っ白に雪化粧した富士山が真下にそびえているのが見えます。

「きれいだね……！」

ミカさんも思わず声を上げました。僕は思わずスマホで撮影しました。美しく悠大な富士山が、僕たちを歓迎してくれているようでした。つい数日前まで、病院のベッドで抗がん剤を受けながらじっと窓の外を見つめていた自分が、今、富士山の上空にいる事実が自分でも信じられません。人生は分からない、本当に分からない……。空に向かって堂々とそびえる富士山からパワーをもらい、僕は本当に久しぶりに、笑顔になっていました。

福岡空港からＪＲ博多駅へ向かい、そこから新幹線で新玉名駅へ約40分。赤木先生が院長を務める玉名地域保健医療センターはそこにあります。

生まれて初めて降り立つ熊本の地に、僕は少し心が弾みました。タクシーの運転手も気さくで、僕たちが東京から来たと知ると容赦なく観光ガイドを始めました。そんなときはどうしても調子を合わせて明るく喋ってしまいます。だからきっと運転手さんも、まさか僕が明日をも知れぬ命だなんて考えもしなかったでしょう。

この「パッと見、元気そう」な僕の、得なのか損なのか分からない特徴は、これからの熊本生活でどんどん得へと転じることになります。

博多駅でミカさんが駅弁を買ってきてくれました。駅弁は旅の醍醐味。ずっと忘れていた食欲が少しだけ戻るのを感じます。久しぶりに「おいしそうだな」という感覚が蘇ってきて、僕は少しずつ口に運びました。美味《うま》かった。

熊本の空気はやはり東京の空気とはまるで違います。阿蘇山の麓だからか自然が濃い。「野人」の僕としては、久しぶりの緑の匂いに心が洗われていくような感覚になりました。いよいよ新玉名の駅に降り立ち、改札から外へ出た僕たちは、一瞬、その景色にあっけにとられて立ち尽くしました。

見渡す限りの田んぼです。もう、駅以外には田んぼしか見えないのです。次の瞬間、ミカさんが「あはは！」と笑いました。

「うそだろ〜⁉」

僕の声も思わず裏返り、ミカさんの笑いは爆笑に変わりました。こんな田んぼの真ん中で、僕の余命をひっくり返すようながん治療ができるのだろうか？　僕たちは騙されたんじゃないだろうか、そんな極端な考えすら浮かんでくるのですが、もうここまで来たら行くしかないわけですから、赤木先生の待つ玉名地域保健医療センターへと急ぎました。

赤木先生と免疫療法

病院は田んぼの中にそびえる白い巨塔……というより、まるで公民館のように地元に馴染んだ建物でした。ベッド数は約150。敷地は広いのですが4階建てで威圧感はありません。東京から飛行機で2時間。博多から新幹線でさらに1時間。半日かけてたどり着いた未知の土地。僕は身体が動いて、意識があることに感謝しながら正面玄関のドアをくぐりました。

診察室に入ると、白衣を着た赤木先生がいました。

「あ、やっぱりこの人は医者なんだな」と思いました。が、先生は「お、来たか」と気の抜けるようなことを言い、じっと僕の顔を見てまたフワ〜っとした口調で一言。

「なんだか死にそうだね〜、大丈夫?」

本当に死にそうな患者に向かって普通かけますか、こんな言葉。信じられません。僕は再び「おい!」と心でツッコみましたが、しかし、なぜかこの先生は憎めないのです。それは今までに経験したことのないような不思議な存在感でした。

明日から採血と本格的な治療に入ると言われました。治療の話になると、赤木先生は人が変わったようにまっすぐに僕を見据え、とても穏やかに淡々と説明を始めました。

「温熱療法ハイパーサーミアを用います。これは体内温度を43℃に上げる高度な医療機器です」

「なんですか、それ……」

「がん病巣を中心に体表から二極の電極盤で挟んで、その間に高周波を通すことで、がんの局所の温度を42・5℃以上に上げてがん細胞を特異的に殺す療法です。42・5℃以上になると、がん細胞は死んでいきます」

「そうなんですか？」

「そうなんですよ」

「へぇ……（知らなかった）」

「ハイパーサーミアは、単独でもがん細胞を殺す効果がありますが、放射線や化学療法と併用することでその効果が高まります。また、がん組織が42℃以上に上昇したときには、周囲の正常組織も39～41℃くらいに温度が上昇し、それによって患者の免疫力が高まる効果もあります、この免疫力向上が、がん治療の鍵です」

「はあ……」

「抗がん剤は、免疫が良い状態でないと効果がない。髙橋さんの場合は、まずは高い免疫力を維持し、抗がん剤はゲムシタビンをベースに、通常の3分の1の量で投与します」

まさに目からウロコがぽろぽろ落ちていくようでした。

免疫療法とは、いわば「免疫でがんを殺す」という治療法です。たしかに短絡的に言えばそうなのでしょうが、赤木先生のニュアンスは少し違います。「がんを殺すための薬の力を最大限発揮させる」ために「免疫を立て直す」という言い方が一番近いかもしれません。

確かに、その頃の僕の身体は、免疫力なんかダダ下がりだったでしょう。それは自分でも充分自覚していました。まずはそれを引き上げろ、という話なら引き上げてやろう！と、素直に理解しました。

「まだ望みはあるんです、頑張りましょう」

赤木先生は、繰り返すようにそう言って、説明を終えるとまたフワ～っと笑顔になりました。僕は頷きました。そして、気付きました。

「まだ方法はある」「まだ望みはある」と、医師から言われることが患者にとってどれほどの支えになることか。そして、実際に見つけ出せない答えを一緒に探してくれる医師が目の前にいることこそが、患者自身の治る力を引き出すのかもしれないと。

その後、看護師に案内され、自分の病室へ行きました。

北病棟の廊下の突き当たり。大きな窓に囲まれた小さな部屋です。窓の外には冬枯れの木々が風に揺れていました。部屋はこぢんまりと狭かったけれど、大きな窓がついていて、向かいの建物の端から見える田んぼと、はるか遠くの山脈までを覗き見ることができました。

その日はミカさんも玉名に泊まる予定でした。

僕は、熊本に住んでいる親友、ジョージに連絡をとりました。本当に奇遇なのですが、高校時代からの親友で、一緒にサーフィンをやったり、たまに、タカハシレーシングのバイトをしてもらったり、ボスに連れられて多摩川へ鮎を捕りに行ったりと、本当に家族ぐるみの付き合いがあった幼馴染のジョージが、僕が発病する少し前に、仕事の関係で熊本に移り住んでいたのです。

まるで、僕がこの地へ来るのを分かっていたかのように、兄弟のように分かりあえる友人がこの地にいてくれたことは僕にとって奇跡でした。

少し前から熊本行きを知らせていたので、ジョージはその日、すぐに病院までやってきてくれました。ジョージとはふざけてバカ話をするのが常なのですが、彼が僕の顔色を見たとたん、真面目な顔になるのが分かりました。彼のその顔を見て、本当に自分がそれまでの自分とは変わってしまっていることに気付きました。

しかし彼はすぐにいつもの穏やかな表情と口調で話しはじめ、車で夕食ができる店へ連れて行ってくれました。

「熊本はメシが美味いな」

ミカさんとジョージと食事をして、僕は久しぶりに普通の感覚を取り戻せたような気がしました。まるで何事もなく熊本旅行に来たような感覚にすらなりました。そして、自分が笑っていることに気付きました。

治療スタート

翌日。12月14日。採血が行われました。ミカさんは治療が始まったのを見届けると東京へと帰っていったので、一人残されたことに一抹の寂しさと不安がふっと湧きましたが、かき消し、ここまで来られたことに感謝しました。

「さあ、頑張るぞ」

と、期待と不安で意気込んでいた僕の前に、赤木先生はいつものようにフワーとした雰囲気でやってきました。先生は、細いチューブをにゅっと僕の前に突き出して言いました。

「吸ってください」

「!?」

何のことやら分かりません。分からぬままにその細いチューブを鼻孔にあて、椅子に腰かけました。

「1時間したらまた来ます」

「え、1時間!?」

「楽にして吸っといて」

いやいや、吸っといてっていわれても……。何なんですか、これは……。と質問する間もなく先生は出て行き、僕は謎の機械から出てくる気体を吸い続けました。まったくの無臭。

吸いながら、そういえば最初の説明で「水素吸引」とか言ってたなあ……と思い出しました。そうか、これが水素か、と合点はしました。が、これで本当にがんをやっつけられるのか、まだまだ謎です。おとなしく1時間吸い続けましたがまったく効果が分かりません。

先生は淡々と治療を進めていきます。

「今日からオプジーボを使います」

前述のように、オプジーボ（一般名・ニボルマブ／小野薬品工業）とは、がん細胞を攻撃する免疫の効力を高める薬です。体内にがん細胞があると、免疫細胞の1つである「T細胞」が、ＰＤ－１という物質を作り出し、がん細胞を攻撃します。

しかし、がん細胞も攻撃をされないようＰＤ－Ｌ１というタンパク質を作り出します。ＰＤ－Ｌ１がＴ細胞のＰＤ－１と結合すると、免疫機能にブレーキがかかってしまうため、がん細胞を攻撃することができなくなります。

そこでオプジーボを使用すると、体内でがんを攻撃する免疫細胞、Ｔ細胞が作り出すＰＤ－１という物質に、オプジーボが結合します。これにより、ＰＤ－Ｌ１はＰＤ－１に結合できなくなり、Ｔ細胞は免疫機能を落とすことなくがん細胞に攻撃し、がん細胞の増殖を抑制することができるというわけです。

つまり、オプジーボは免疫機能にブレーキをかける物質にピンポイントで作用し、T細胞が、がん細胞を攻撃する力を高める、いわゆる免疫力を高める薬剤ということになります。

素晴らしい薬のようにも思えますが、もちろん、まだ効果は分かりません。全く効かないのなら意味はない。とにかく今はおとなしく、先生の勧める治療に専念することにしました。

玉名地域保健医療センターの温かさ

「すぐ済むからね」

オプジーボ投与の支度をする看護師が話しかけてきました。熊本訛りの、のんびりとした空気感。東京の病院でも、抗がん剤投与のたびにさんざん針を刺されて痛い思いをしたので、僕はどこが一番痛くないかを話しました。相変わらず注射は大嫌いですから。

「上手く入れてくださいね、ほんとに注射は苦手なんで！」

本気で訴える僕。その看護師さんは、ニコニコと快活な笑顔で、

「あら、じゃあそこに刺そうかね。でもちょっと痛いのは痛いからね、我慢せんとね」

まるで親戚のおばちゃんのような口調です。約束通り、一番痛くないところに針を刺し

てくれました。僕は、それまでいた東京の病院とまったく違う空気感に面食らっていました。この病院の看護師たちはみんなそれぞれ顔が良く分かるというか、患者というより個人としての付き合いが出来る人たちでした。

「あら髙橋さん、もう治療終わり？」

「インフル流行ってるから、マスクして、マスク」

と、廊下ですれ違うと治療に関係ないことまで話しかけられます。僕は数日いただけで、院中のほとんどの看護師の名前と顔を覚えました。覚えようとして覚えたのではなく、自然に彼女たちの個性が頭に入ってきたのです。

小さな病院の中で、親戚の家にやってきたような温かさは孤独な僕の心を落ち着かせてくれました。東京の病院では、看護師の方々の個性などあまり気にしていませんでした。僕は大勢いる「患者」の一人にすぎなかったと思いますし、僕だって自分の治療に必死で、病院で人間関係を築こうなんて考えもしませんでした。

しかし、この病院では、僕のことを「患者の一人」として放っておいてはくれませんでした。みんな僕の顔を見ると「髙橋さん」とか「幸司さん」と呼び、どうでもいい話題やジョークで、大声で笑う。一人の人間として認識し合えたことが、僕が心の息を吹き返す一つの要因だったのかもしれません。

赤木先生の不思議な存在感

さて、それにつけても気になるのは赤木先生のキャラクターです。日が経つにつれ、だんだん先生の一挙手一投足が気になって仕方がなくなってきました。職業柄、人間観察は得意です。映画作りをしていることもあり、どうも先生が物語の中のキャラクターに見えて仕方がなくなってきました。あのフワ〜っとした笑顔の下に何が隠されているのか、とその謎に迫ってみたいと、僕の持前の好奇心がむくむくと湧きだしていました。

治療はとにかく水素を吸い、少量の薬を投与されるだけで、他はなんにもしません。当然のことながら副作用もほとんど起こらず、「本当にこんなので効くのか？」と不安になるほどでした。ですがその分、負担なく病院内を歩き回ることもできたので、僕は暇さえあれば赤木先生の観察を始めました。

先生は院長ですが、院長室に籠っていることはあまりありません。大抵は診察しているか、院内をフワ〜っとした足取りで、柔らかな笑みを浮かべて歩いているか、どちらかです。院内を歩きながら、入院患者に話しかけるのですが、それも励ましてるのか、からかっているのか。患者のほうも院長だからといって特別視するわけでもなく、気さくに話しています。その存在感がとても不思議でした。

僕がこの病院にきて3日目の12月16日、診察を終えた先生がふいに言いました。

「温泉、入った？」

　この唐突な質問に、僕は一瞬「？」となりましたが、すぐに「いえ」と答えました。玉名は温泉街でもあるので、有名な温泉宿がいくつもあります。もちろんそのことは知ってはいましたが、東京から来てから３日間、ずっと入院してるわけですから行けるわけがありません。

　そもそも身体も心もボロボロの状態で「温泉に行こう！」なんて能天気な事、普通思いません。いきなり何を言い出すんだ、と思っている僕に先生は、

「温泉はいいよ～、毎日でも入ったほうがいい。身体を内側から温めるから免疫力が上がる」

　と言います。なるほど、体温を上げれば免疫が上がる理屈は僕にも分かります。そういうことか、と素直に合点した僕はさっそく試してみようと、病院から一番近い温泉「つかさの湯」へ出かけていきました。

　ちなみに、出かけると一言で言っても、玉名は田んぼしかありません。病院から温泉施設や飲食店までは遠く、車でないと移動が難しい場所なんです。そこで僕が利用したのがレンタカーでした。すっかり仲良くなった病院の受付にレンタカーを借りたいと相談したら、格安で紹介してくれました。駐車場も外来用の駐車場なら空いてるといいます。

　末期がんの入院患者がレンタカーを借りるっていう発想、自分でも半端ないなと思いま

す。さっさと手続きしてくれる物分かりの良い（？）事務員さんもどうかと思いますが、借りる僕も僕。しかしこの時、実際に、僕の体力も気力も車を運転できるほどに戻っていたのです。副作用が軽く、歩くことも自由にできて、病院内をウロウロするのにも飽きた頃でした。

もともとカースタントをやっていましたから車の運転は目を瞑ってもできるくらい得意です。久しぶりに車に乗り込み、病院から田んぼのあぜ道へと走らせると、再び「自由」という喜びが湧いてきました。

美人の湯で有名な玉名温泉は、かつて「立願寺温泉」と呼ばれ、１３００年もの間湧き続ける歴史ある温泉です。無色透明、ツルッとしたすべりのよい泉質で、リュウマチ、神経痛などに効くと言われる弱アルカリ性の単純温泉です。「つかさの湯」は玉名の中でも一番大きな温泉施設。広い敷地に何種類もの湯舟があって、一人でも充分退屈しません。

結果、一言で言うと、温泉は「サイコー！」でした。

当たり前ですが、とにかく気持ちが良い。

先生が毎日でも入れと言うのなら毎日でも入ろうと思いました。それから僕は本当に頻繁に温泉に入りました。ジョージを誘って一緒に夕食をとってから行くこともありました。

生きている実感

1週間も過ぎる頃、身体も心も元気になっていくのが分かりました。いえ、決して元気ではないのですが、起き上がって出かけてみよう、という意欲が湧いてくるのです。治療のない日は、病院の外へ出かけるようになりました。病院の辺りを散歩します。ま、歩けど歩けど田んぼしかないわけですけど。上を見上げれば電線一つ邪魔しない広々とした青空、山々。静かな風景。緩やかに川が流れています。

僕は土手を慎重に降りていきました。澄んだ水の流れの中に、小魚がたくさん泳いでいるのが見えます。ひそかに「野人」の僕が目を覚ましました。川の中に手を入れると冬の水は冷たく、魚はくるくると泳ぎ回ります。ふと川岸を見ると、野生のクレソンが群生しているのが目に入りました。ちぎって川面で洗い、口に含むとこれがなかなか美味い。

僕は大きく溜息をつきました。眩しい日差しと冬の風。南の大地。

「あ〜生きてる〜」

その瞬間、涙が出ました。

それから数日間、僕の心は深く沈んでいました。自分でも原因は分かりません。環境が変わって、少し疲れが出たのかもしれませんが、夜になって一人ベッドに横たわると、静かに目から涙が溢れてくるのです。この涙は、自分でも理由のつけようがありませんでした。もしやホームシック？　と思いあたって「いやいや50歳前にもなって……」と自分を戒めました。

玉名の自然に抱かれ、ピンと張りつめた神経が緩やかに伸ばされ、忘れていた「生」の味を思い出し、自分が今生きていることを思いだし、僕の感情にも体温が戻ってきたのかもしれません。凍結された心が解けて涙と共に流れていたのかもしれません。


熊本に来てから2週間目。東京から曽我がやってきました。業務連絡もありますが、僕の様子が心配だったのでしょう。新玉名の駅まで車で迎えに行った僕に、曽我は仰天していました。東京を出るまでは、歩くことすらままならなかった状態でした。それがたった2週間で、普通に車を運転して出歩いているのですから。

久しぶりに彼と話をしていると、とたんに頭は仕事モードになり、思いは東京へと飛んでいきます。小さな会社ではありますが、業務のほとんどを曽我に任せてしまっていることが気がかりでした。が、彼はそんな様子をあまり見せませんでした。

「元気そうで良かった」

曽我は嬉しそうに言いましたが、それはただ副作用がないからだよ、と僕は冷静に言いました。別に病気が治ったわけではありません。治療は過酷ではありませんでしたが、その効果が問題なのです。僕はまだ確信できませんでした。

これで結果が悪かったらどうしよう。東京の主治医のもとへ易々とは帰れないし、今度こそ本当にダメなんじゃないだろうか。もし、急に容態が悪くなって、その時、傍に誰もいなかったら？　縁もゆかりもない土地で、僕は一人死んでいくのだろうか？

そんな出口のない思いもグルグルと頭を巡ります。しかし、これは自分で決めた道です。誰のせいにもできません。

衝撃の検査結果

12月26日。僕は赤木先生から診察室に来るように呼ばれました。前日の25日に行った検査の結果が出たとのことでした。僕は、朝から憂鬱な気持ちでした。この日は東京から兄貴が来てくれて、一緒に検査の結果を聞いてくれることになっていましたが、僕は診察室へ行きたくない気持ちでした。

「どんな悪いことを言われるんだろ……」

弱気が心をもたげます。これまで診察室に入るたび、ろくなことを言われませんでしたから。それでも兄貴に背中を押され、僕は部屋に入りました。

赤木先生は、相変わらずのフワッとした笑顔で「どうぞ〜」と椅子《いす》を勧めます。腰をおろした僕の傍に兄貴が緊張の面持ちで立っています。先生は僕ら二人の緊張などまったく意に介さず、ペラっと一枚、紙を取り出しました。腫瘍マーカーの数値を折れ線グラフ状に表した表でした。

一口に腫瘍マーカーといっても多くの種類があり、部位により測定する種類は変わってきます。僕の場合、ＣＡ19－９という、膵臓や肝臓などの消化器系のがんの場合に測定する種類のマーカー値です。この値は腫瘍以外の原因でも上がり下がりをするため、あくまで補足的に用いられる検査ではありますが、経過観察の重要な手掛かりになるものでもあります。

「数値が、下がってます」

「……え？」

「下がってます、ほら」

僕は一瞬何を言われたのか分かりませんでした。先生はそのグラフの一点を指差しています。

「こないだ来た時に計った時はね、４８６００あったでしょ。ほら、今、２２０００まで下がってる」

先生がボールペンで指し示す点は、２２２９０と示されていました。一気に半分に減ったのです。言葉を失いました。

「さ、下がることもあるんですね」

僕は驚きのあまり意味不明なことを言いました。

「下がるよ、治療がうまくいけばね」

愛読者カード

ご購読ありがとうございました。今後の参考とさせていただきますので、ご協力を
お願いいたします。また、新刊案内等をお送りさせていただくことがあります。

【1】本のタイトルをお書きください。

【2】この本を何でお知りになりましたか。

1.書店で実物を見て　2.新聞広告(　　新聞
3.書評で(　　)　4.図書館・図書室で　5.人にすすめられて
6.インターネット　7.その他(

【3】お買い求めになった理由をお聞かせください。

1.タイトルにひかれて　2.テーマやジャンルに興味があるので
3.著者が好きだから　4.カバーデザインがよかったから
5.その他(　　)

【4】お買い求めの店名を教えてください。

【5】本書についてのご意見、ご感想をお聞かせください。

●ご記入のご感想を、広告等、本のPRに使わせていただいてもよろしいですか。
□に✓をご記入ください。　□ 実名で可　□ 匿名で可　□ 不可

郵便はがき

切手をお貼りください。

102-0071

東京都千代田区富士見一―二―十一
KAWADAフラッツ一階

さくら舎 行

住所	〒 都道府県		
フリガナ		年齢	歳
氏名			
		性別	男　女
TEL	(　　)		
E-Mail			

さくら舎ウェブサイト　www.sakurasha.com

赤木先生は力強く頷きました。僕は顔が熱くほてり、心が高揚してくるのを感じていました。先生は続いてCT造影検査の結果も見せてくれました。11月に撮ったものよりも、がん細胞が死にかけている範囲が広くなっていると言われ、僕は思わず「マジっすか！」と叫んでしまいました。免疫測定の数値も悪くなく、比較的元気に活動しているとのこと。

心底びっくりしました。

まさか、たった2週間でこれほどの効果があるとは。

思わず兄貴とハイタッチでもしたい気分でした。しかし先生は強い口調で言います。

「でも油断は禁物だよ、これからなんだから」

「はい。でもたった2週間で結果出るなんて早いですよね」

「早いね」

「先生、3カ月かかるって言ったじゃないですか」

「だからまだ終わったわけじゃないから」

「でも早いですよね！」

「早いよ、私もびっくりした」

赤木先生はにやりと笑いました。僕は嬉しくて嬉しくて、何度もグラフを見ては、「すげえ……」と繰り返しました。兄貴も笑って先生に頭を下げていました。先生は笑ったついでに言いました。

赤木純児先生

「飲みに行くか？」

「は？」

「お祝いに」

「いや、俺、患者なんで」

「冗談だよ」

なんだよそのジョークは！　と僕は、思わず笑いました。

なんだか不思議で、得たいの知れない先生……そんな印象だった赤木先生との距離がぐっと縮まった気がしました。そしてその先生は、素晴らしい成果を僕に与えてくれました。

診察室を出ると、兄貴がボソッと言いました。

「奇跡だな」

そう、奇跡です。打つ手なしの状態から、僕の身体は快復へと向かっているのです。これで憎きがん野郎にジャブを入れられたのです。このままっすぐに突き進んで、一気にノックアウトしたい。診察室をあとにしながら、僕は心に強く誓いました。

絶対に治す、絶対に、生きてやる。

第五章　赤木メソッド

ブラック・ジャックのアプローチ

赤木純児先生は僕のブラック・ジャックだと前述しましたが、正にその通りです。もし赤木先生がいなければ、確実に僕はここには生きていないのですから。

しかし、標準治療では「余命2ヵ月」と宣告された僕を、どうやって赤木先生はこの世に繋ぎとめてくれているのでしょうか。たまに、先生は魔法使いなのか？　と思うこともあるくらいですが、もちろんそうではありません。

もともと赤木先生は外科の先生です。玉名地域保健医療センターは都心の大学病院に比べればとても小さな病院ですが、開放型病院のため、患者それぞれのかかりつけ医とも連携して治療を行っています。現在、院長である先生は、そういった多数の医院や医師たちが共同で治療にあたれるよう常にバランスをとって診察しています。

この赤木先生のバランス感覚が、先生の末期がん治療にも反映されていると思います。初期のがんなら、外科手術で切るという標準治療を最優先していますし、標準治療では「打つ手なし」となった末期の患者に対しては、統合医療という考え方で対応しています。

「標準治療では助からない、では、なんとか他の手立てを探さなければ」

赤木先生はそのシンプルな発想から、あらゆる患者の症状に様々な角度からアプローチを続けてきました。

先生の推進する統合医療とは、現在日本の医学界で標準治療と、代替治療の良いところをバランス良く組み合わせて患者の状態に沿った最善の治療法を探るもので、先生は、患者それぞれの状態を見ながら、毎回新しい治療メニューを創造しているようにも見えます。杓子定規に「このステージ、この状態ならこの薬」という治療をやっていては治らない、だから治る方法を代替医療の中から引っ張り出して組み合わせているといえます。

現在確立されつつある「赤木メソッド」は、そんな先生の必要に迫られた日々の臨床体験から積み上げられた実績なのです。

しかし、現在、多くの病院ではそのように、生き残る術を探してはくれません。

読者の皆さんは、病院は「命を助けてくれるところ」と思っていることでしょう。もちろん僕もそう信じていました。

しかし実際の病院で、医師たちが施してくれる治療は、非常に優秀な「標準治療」というガイドラインに沿って行われています。

初期のがんや、比較的重篤でない病気の場合は、そのガイドラインは素晴らしい効力を発揮します。

しかし、いざ命に関わる病気となった時、ガイドラインはとても非情です。とくに末期のがん患者に対しては、「これらの薬で治せ」という指示以外、何もない。つまり、その薬が効かなかったら、もう方法はないと言っているのです。

多くの医師が「ここから先は緩和治療となります」と言ったら、そのガイドライン上に、もう手段が書かれていないことを意味します。そして実に多くの病院が、医師が、ガイドライン以外の方法を探してはくれません。


この事実を知った時、僕の胸は驚愕と怒りとで震えました。

見ず知らずの患者の命を「何が何でも治したい」と全力で向き合ってくれるのが医者だと信じていたから。しかし、そんなブラック・ジャックのような正義の味方は少数派なのだと思い知らされました。だからこそ、僕はこの本を書いたのです。

最善とされている治療法以外に方法がないのなら、もう打つ手はないと判断するからです。たしかに最も効率的な方法かもしれません。しかしそれはとてもシステマティックで冷たいものです。

患者自身、そして患者の親しい人たちからすれば、患者の命は唯一無二。

絶対に失いたくない、かけがえのない命。

だから、助かりたい、助けたいという思いから、僕たちは病院に見切りをつけて他の方法を探します。そこで注目されるのが代替医療です。病院で見放された難民たちが救いを求めて彷徨い、その数は日本国内だけで60万人と言われています。数ある方法の中から助かる方法を選び出すのは大きな賭けです。

もし、その賭けを一緒になってやってくれる医師がいたら、患者の命に寄り添って一緒に必死になってくれる医師がいたら、僕らはその人を思わず「ブラック・ジャック」と呼ばずにはおれない。

日本漫画文化の金字塔、手塚治虫先生の「医師のジレンマを描きたかった」という想いから生まれた名作『ブラック・ジャック』に登場するアウトサイダーな医師が、患者と向き合う姿に励まされた人は数多くいることでしょう。

そして実際に自分が死の直面に立たされた時、その人が登場してくれることを期待します。今の主治医こそが、自分のブラック・ジャックだと信じたくなるのです。

しかし、僕たち患者は、医師たちが治療の基準としている「標準治療」と呼ばれる枠があることを知らなくてはなりません。それが自分たちを守ってくれもし、時には意味を成さないこともあるのだということを知っておかなければならない。無条件にブラック・ジャックを待っていても、よほど運が良くない限り、目の前に現れてはくれません。

だから、まずは知ってほしいのです。

赤木先生の歩み

この章でお話しするのは、僕のブラック・ジャックである赤木先生の治療法や考え方についてまとめたものです。２０１９年の春現在、僕と先生の二人三脚の治療はまだ続いていますが、二人で「完治第一号」を目指して頑張っています。下記は、その記録です。

今から約3年前（２０１５年ごろ）のこと、赤木先生の病院に株式会社ヘリックスジャパンの代表取締役、有澤生晃氏が、見慣れない機械を持ってやってきました。

「水素吸入を治療に取り入れてみませんか」

「水素？」

「水素で病気の予防ができます！」

赤木先生は半信半疑。

この日、有澤氏が持ちこんだ謎の機械は、高濃度の水素吸入を実現するマシン「Ｈｙｃｅｌｌｖａｔｏｒ ＥＴ１００」。１分間に１２００mlの水素が吸入できるというものでした。吸入の仕方はいたってシンプル。専用に開発した高純度の蒸留水を電気分解して水素を発生させ、チューブを通して鼻孔へと送りこむ。通常は1回に60分ほどの吸入で、疲労回復や血流を良くする効果が得られるというものでした。

この説明に赤木先生も理解はしたものの、すぐに臨床の現場へ持ち込もうとは思いませんでした。どう使ってよいのやら、なかなかイメージが湧きません。

「とりあえず一台置いといて……」

使用する予定もはっきりしないままに、先生は有澤氏から一台を借り受けました。一度だけ自分で吸ってみましたが、何かを得られるものではないような気がしていました。

この頃、赤木先生が施していたがん治療は、主に低用量の抗がん剤と温熱療法（ハイパーサーミア）、リンパ球療法（免疫細胞療法）でした。統合医療を推進する先生が、2013年頃から末期がん患者の受け入れを始めてから2年。ある程度の効果は得ていたものの、長期にわたってがん細胞を抑制することはできずにいました。

有澤氏から水素吸入マシン「Hycellvator ET100」を預かってから、しばらく経ったある日、乳がんの末期の患者が先生のもとへやってきました。

彼女は一度手術を受けたが再発し、大きくなった腫瘍で鎖骨から首筋にかけて大きく腫れ上がっているのが目視できるほどでした。どの抗がん剤も効かず、手の施しようがありません。

「もう助からない……どうしたものか……」

赤木先生は考えました。考えに考え、そしてふと、水素吸入マシンが脳裏に閃きました。

「水素自体、有害性もないし副作用があるものでもない。一度試してみようか」と。

そしてこの日初めて、水素吸入の臨床を行ったのです。

すると数日も経たないうちに信じられないことが起きました。彼女の腫れ上がった首筋が目に見えて小さくなったのです。腫瘍マーカーの数値は一気に下がり、症状も改善されてゆき、数ヵ月後には職場復帰できるほどに快復しました。

赤木先生はこの結果に驚き、他の患者にも水素吸入を行い、従来から取り入れていた免疫測定を行ってみると、すべての患者の免疫がかなり活性化されていることが分かったのです。

もともと先生が推し進めていたのは、がん細胞をやっつけるのは、人が元来持っている免疫であり、その働きを助けることが治療となる、という「免疫療法」。この治療法に追い風を送ってくれる強い味方が登場したわけです。

時を同じくして、先生が使用に乗り出したのが、抗PD－1抗体「オプジーボ」でした。

すでに「オプジーボ」に関しては前の章で述べましたが、もう一度触れておきます。2018年12月10日のノーベル賞授賞式（スウェーデン・ストックホルム）で、医学生理学賞を受賞した本庶佑・京都大特別教授の受賞理由は、「免疫抑制の阻害によるがん治療法の発見」でした。

この、本庶教授の研究成果をもとに開発された免疫チェックポイント阻害薬として一躍有名となったのが「オプジーボ」です。この薬は、いわばがん細胞が免疫にかけているブレーキを解除し、免疫細胞ががんを攻撃できるようにする薬です。

日本でこの薬が発売されたのは2014年9月。

相次いで他にも3種の免疫チェックポイント阻害薬が発売されていますが、現在、最も多くの種類のがんに使えるのが「オプジーボ」です。本当はすべての部位のがんに適応できるはずとは言われているのですが、現在は保険で適用できる疾患部位は限られています。（で、これが僕にとっては今でも大問題。胆管がんに対してこの薬は未だ保険適用外だからです。僕は、自由診療という範囲で「オプジーボ」を選ばなければならず、これが莫大な治療費へと繋がっていくのは想像に難くないでしょう。実は今も、この治療費を工面するのが大変なのです。周囲の援助なくしては、ありえない）

がん免疫サイクル

さて、発売の翌年から「オプジーボ」を使用しはじめた赤木先生ですが、これも決して万能薬とは言えませんでした。この薬の最大の弱点は奏効率が20～30％と低いことです。言い換えれば、残りの70～80％の患者には効かないということなのです。これでは、がん治療の救世主とは少し言い難いかもしれません。

多くの医師たちは奏効率を上げるために「オプジーボ」と抗がん剤の併用を模索し始めました。

赤木先生は薬の奏効率がなぜ上がらないか、その理由を探る中で「がん免疫サイクル」に着目しました。免疫ががん細胞をやっつけるまでの、免疫サイクルの成立の過程を紐解いたのです。以下に簡単に書いてみます。

【がん免疫サイクル】

① 抗がん剤や放射線治療によりがん細胞が破壊される
② がん抗原が樹状細胞に取り込まれてT細胞に提示される
③ 樹状細胞とT細胞がコンタクトして活性化T細胞になる
④ 活性化T細胞が血流に乗りがん組織まで運ばれる
⑤ 活性化T細胞ががん組織に浸潤
⑥ 活性化T細胞ががん組織を認識
⑦ がん細胞とコンタクトする

この一連のサイクル中の、⑦の段階で働くのが、「PD－1」と「PD－L1」の結合です。この結合によって活性化T細胞の攻撃力が抑制されてしまうことが問題で、それをさせないために働くのが「オプジーボ」です。

が、こうして順に辿ってみると、「オプジーボ」がうまく奏功するためには①～⑥までの免疫サイクルがすべてうまく作動していなければならないのです。

つまり、「オプジーボ」の奏効率が20～30％というのは、言い換えれば、この①～⑥までの免疫サイクルを円滑に作動させている患者が20～30％しか存在しておらず、残りの70～80％の患者は、①～⑥の過程のどこかでサイクルを阻害されていることを示しているのです。

もっと分かりやすく言えば、免疫サイクルが円滑でないというのは免疫力が落ちている、ということ。

赤木先生は免疫力を上げる治療法として従来からハイパーサーミア（温熱療法）を用いていましたが、これにも不完全な点がありました。ハイパーサーミアは、がん局所の血流の増加、樹状細胞の活性化に役立ち、多くの成果を上げましたが、すべての部位に適応できるわけではないという弱点もあり、まだ望む結果には不十分でした。

そこに偶然とはいえ、現れたのが水素ガスだったのです。

水素ガスの実力

高濃度の水素吸入を実現した株式会社ヘリックスジャパンの有澤氏の説明によると、人間は、生命維持に必要なエネルギーを得るために、ミトコンドリア（細胞内のエネルギー生産工場）内で絶えず酸素を消費し、活性酸素を発生させています。

この活性酸素の中で特に反応性が強い活性酸素（ヒドロキシラジカル）が、老化やがんや成人病など様々な病気の原因と言われているのです。

日本医科大学の太田成男教授グループが、水素が酸化力の強い活性酸素のみを消去し、酸化ストレスから細胞を保護する、つまり、水素がヒドロキシラジカルを無害化することを発表したのです。これが、水素ガスが臨床の現場に登場する重要な一歩でした。

さらには、山梨大学大学院総合研究部、小山勝弘教授の研究で「Ｈｙｃｅｌｌｖａｔｏｒ ＥＴ１００」による混合ガス（水素：酸素＝２：１）を吸入すると副交感神経の働きが顕著になる事や抗酸化力を賦《ふ》活《かつ》化する可能性が明らかになったのです。

先ほどの免疫サイクルの話に戻りますと、水素ガスは悪玉活性酸素を取り除き、ミトコンドリアを活性化させることによりサイクルを円滑に働かせることが可能になるわけです。その力を借りれば、「オプジーボ」の奏功を上げることができるのではないか、と赤木先生は考えました。

がん細胞の近くまでやってきたＴ細胞という軍隊がある。

しかしすぐ近くまで来たのに攻撃ができない。がん細胞が「ＰＤ－Ｌ１」という砦を築いてしまうためだ。そこで「オプジーボ」がその砦をガツーンと壊して取り除いてくれる。そうすれば軍隊は一気に攻め込めるはずなのだが、軍隊本体が疲弊し、元気がなかったらどうだろう？　たとえ門が開いても攻め込めるエネルギーが残っていなければ意味がない。その兵隊たちを元気づけなければならない。そして彼らを元気づけられるのが水素の役割だ。

そんなイメージが赤木先生の脳裏に浮かびました。

「水素吸入とオプジーボを併用すれば、高い効果を得られるかもしれない」

先生は、それからすべてのがん患者に水素吸引を用い、そして驚くべき結果を得たのです。

２０１８年10月31日に日本癌治療学会で赤木先生が発表した資料には、２０１４年から２０１８年までの、43人の末期がん患者に「オプジーボ」と水素吸入を併用したところ、従来の常識なら20～30％だった奏効率を60～70％にまで引き上げることに成功した臨床例（もちろん僕も含む）が挙げられています。

奇跡の実例

その中の一人、黒田晴子さんは、僕が入院してから約半年後の２０１８年5月に赤木先生のもとに命からがらやってきました。

豊橋市に住む晴子さんは33歳。高校生の娘さんを女手一つで育てるシングルマザーです。日々頑張る晴子さんに「卵巣がん、ステージ４」という宣告が突きつけられた時、当時入院していた病院では「打つ手なし」と判断されてしまっていました。

絶望を抱えながら晴子さんとご家族は様々な人にＳＯＳを出しました。インターネットを通じてがんを患う見知らぬ人にメッセージを送ってみたり、友人知人に同じ病を克服した人がいないかを探したり。その雲をつかむような手探りの中で行き当たったのが僕です。

僕は彼女を直接は知りませんでしたが、知人からＳＯＳを聞き、すぐに赤木先生に伝えました。先生は考える間もなく一言「すぐに来なさい」と、僕の時と同じ言葉を発しました。

僕は知人を通して彼女に赤木先生の治療の概要と病院の所在を伝え、転院を促しました。しかし、いざとなると、彼女の周囲は猛反対しました。特に反対したのは当時の彼女の主治医でした。

「温熱療法に期待はできない。免疫療法は100％効かない」

確かに、免疫療法は、現在のがん治療の上では比較的優先度の低い治療法です。とはいえ、がん治療において免疫療法の有効性が見直され始めている昨今、医療の最前線に立つ医師が「100％」と言い切ってしまうのはいかがなものかと思います。患者側からすれば、完全に望みをシャットアウトされる言い方をされてしまっては誰でもひるんでしまいます。

晴子さんは、このまま緩和治療へ行くことは絶対に嫌だけど、かといって転院する勇気も出ず、動けなくなってしまいました。

その時、周囲の中でただ一人、彼女のお父さんが「熊本へ行くぞ」と決意したのです。反対意見を押し切り、お父さんは晴子さんを半ば強引に赤木先生のもとへ連れてきました。この時のお父さんの決断は、父親としての「勘」だけだったのだと思います。しかし結果的にはその勘と、行動力が彼女を救いました。

赤木先生のもとで、晴子さんは水素吸引と「オプジーボ」、低用量の抗がん剤投与を続けた結果、５月の時点で１５００以上だった腫瘍マーカーの数値は４ヵ月後の９月には５００以下まで落ちました。卵巣で膨れ上がっていた腫瘍も65・２％縮小し、その年の11月には退院して元気に家族のもとへ帰ることができたのです。

今でも定期的に熊本に通い、外来で治療は続けていますが、その際にもお父さんとのんびり温泉に入ったり食事に行ったりと、普段と変わらない元気な笑顔で過ごしています。

これを奇跡と言わずしてなんと言うのだろう。僕は彼女の快復を間近で見て心が震えました。もし、あの時晴子さんのお父さんが決断していなかったら、今、連れだって温泉に行く親子の幸せな姿はありません。全く同じことが僕自身にも言えます。もしあの時、ミカさんが強引に連れ出してくれなかったら、この文章を書いている僕は、いません。赤木先生のもとには、そんな僕たちのように、命を繋いでもらった人が大勢います。

しかし。

末期がんと診断され、打つ手なく緩和治療へ向かうしかない日本の「がん難民」はまだ大勢います。僕は定期的にブログを書いているのですが、ネットを通じて様々な人がＳＯＳを発しています。僕にコンタクトをくれた人には僕の体験を話し、治療の可能性を広げてもらいたいと思っていますし、今、日本国内だけでも、少なからぬ医師が標準治療を越えた技術と知識を導入し、末期がんからの生還を実現させています。

赤木先生は知識の輪が広がることに、熱い願いと期待をもっています。「日本中のドクターに統合医療の重要性に気付いて欲しい。特に若いドクターに、ガイドラインにはない、多くの選択肢があることを学んでほしい」

たった一人のドクターができることに限りはあっても、その輪が広がっていけば、救われる人の輪も広がっていきます。

ブラック・ジャック誕生秘話

赤木先生は長崎県の壱岐市出身。県立福岡高校卒業後、九州大学の文学部に進学しました。なんと文学部です。この当時、実は小説家を目指していたといいます。

ですが「文章は得意だがゼロから1を作る作業は無理」とすぐに悟り、夢を断念。思うところあって宮崎医科大学に編入します。国立病院機構宮崎病院勤務を経てアメリカへ留学。2年の滞在期間で「統合医療」という概念に出会います。

1990年以降、アメリカをはじめとする欧米諸国は西洋近代医学だけに頼らない「統合医療」に舵を切り始めました。

「統合医療」とは、従来の西洋近代医学に補完代替医療の長所を取り入れた医学、と定義されています。補完代替医療とは、日本補完代替医療学会によると、「現代西洋医学領域において、科学的未検証および臨床未応用の医学・医療体系の総称」と定義されています。

つまり通常の病院では実践していない医学や医療のことを指します。

代替医療の範囲は広く、世界の伝統医学や民間療法、保険適用外の新治療法をも含んでいます。中国医学（中薬療法、鍼灸、指圧、気功）、インド医学、免疫療法（リンパ球療法など）などです。また、僕たちの生活の中でも身近に取り入れられているのがハーブ療法、アロマセラピー、ビタミン療法、食事療法、精神・心理療法、温泉療法、酸素療法……等々。

赤木先生は、この補完代替医療の中で特に「免疫」に重点を置いた治療を実践していることはこれまでの話でお分かりかと思います。

赤木先生のメソッドは総じて、自然治癒力を上げる＝免疫力を上げる治療、と言えると思います。そしてそのために不可欠なことは、免疫力の測定なのだそうです。

「通常の健康診断にも免疫力の測定を組み込むべきだ」

と赤木先生は考えています。その第一歩として、２０１８年5月、日本統合医療学会に「免疫部会」を設立しました。

（余談ですが、その設立記念の講演会で、なんと僕は患者代表として参加し、もっと驚くことにはタカハシレーシングのボス（つまり親父）が医師の皆さんの前で挨拶をするという、異例の事態が起きました。いつもの先生のフワ〜っとしたノリで頼まれたものですから僕もボスも「先生に協力できるなら」と参加したのですが、参加してみて思ったのは、やはり身をもって体験した患者が声を上げることが一番だということです。その時の想いがこの本を書くモチベーションにもつながりました)

免疫部会の主な目的は、免疫力の測定を普及すること。そのためには基準値を設定しなければなりません。基準値を出すためには統計が必要になります。患者だけではなく健康体の人も含めて測定を続けることが必要になります。

そもそも、誰でも毎日、体内にがん細胞を生み出しています。

体内のがん細胞がゼロの人はいません。人は全員がんを発病してもおかしくありません。しかしそれを日々攻撃して取り除いてくれているのが免疫なのです。免疫の力が強いと日々がん細胞は免疫によって死滅し、発病には至りません。長寿で健康体、免疫力の強さを最後まで持続できた人ならば、そのまま発病せずに寿命を迎えるというわけです。

とても簡単でシンプルで、分かりやすい事実。この事実に沿った治療法がもっと早く生み出されても良かったはずです。しかし、ご存じのように、がん治療における「免疫療法」は長く不遇の時代が続きました。

三大治療の限界と免疫療法

現在のがん治療では、一般に外科手術と放射線療法、化学療法の3種が行われます。

通常は、手術がダメなら放射線、それもダメなら抗がん剤、と流れますが僕のような末期がんと呼ばれる患者は、この3種の治療法では効果が出ないのがほとんどです。

その第4の手として研究されてきたのが「免疫療法」でした。

その研究の歴史は1970年代から始まります。初期に研究されたのは「BRM療法」と呼ばれる治療法です。体外の異物を利用して免疫反応を活性化させるもので、治療薬として国から承認されているクレスチンやレンチナン、日本でも「サルノコシカケ」と呼ばれるキノコの一種が有名です。煎じて服用される、民間療法のひとつで、免疫力を高めると言われ古くから用いられてきたようです。その他に、サメ軟骨、海藻類、穀物抽出製剤などもBRM製剤に含まれます。

1980年代に至るまでのがん免疫療法ではこの「BRM療法」が主流だったようです。しかし、一部の患者には劇的に効いても他の患者には全く効果がない、ということが多く、思うような成果を上げませんでした。さらに怪しげな商法の被害に遭う患者も多く、「免疫療法は科学的根拠に乏しい」という観点が医師の中にも定着してしまいました。

先述した晴子さんの主治医は、そういった観点から「免疫療法に効果はない」と言い切ったものと思われます。そして未だその見解にとらわれている人が多いのです。

しかし、もはやそれは過去のことだと、患者である僕が声を大にして言います。

長い長い研究の歴史の中で、「オプジーボ」開発に貢献した本庶教授のノーベル賞受賞は、まさにそのエポックメイキングです。免疫ががん治療に有効であることを世界に示したわけですから。「オプジーボ」は、がんの患者の大きな問題は免疫抑制にあること、そしてその抑制を外すと治るのだ、ということを実証したのです。つまり、重要なのは免疫だと教えてくれたのです。

何よりも、「免疫」がなければ抗がん剤すら効かないのです。これは世界の医学誌でも報告されている事実です。

がんという病気の怖さは、がん細胞が一種で完結しないということです。Aという抗原を持つがん細胞が死滅しても新たにBやCといった新しいがん細胞が発生していくのです。抗がん剤によって一度押し込められたがん細胞は新しい形で再び膨れ上がります。彼らを攻撃するために、さらなる抗がん剤投与を行わなければなりません。それによって小さくなってもまた発生する、退治する……その繰り返しです。

そうやって大量の抗がん剤を打ち続けた患者の身体はボロ雑巾のように疲弊し、自己回復能力をなくした身体は二度ともとには戻れません。がん細胞は殺せるが患者が生存することはできない。その矛盾が現在の標準治療のジレンマなのです。

赤木先生は、「低用量の抗がん剤であれば、逆に免疫が復活する」と言います。それは20~30年前から報告されている事実です。

現在、赤木先生が用いる抗がん剤は通常の4分の1の量です。

赤木先生の「免疫をちゃんとすれば末期がんの患者でも長生きできる」という主張は、確実に実証され始めています。その大きな貢献をした水素ガスは、昨今、臨床の現場だけでなく、美容の観点からも注目され始めました。肌や髪のコンディションを整え、自律神経を落ち着かせるリラックス効果があるとして、サロンや美容室に展開されています。

水素ガスは、健康、または未病の状態での使用も有効だと赤木先生は考えています。もちろん水素ガスも万能とは言えませんし、それだけに頼って治療を怠ってもがんは治りません。しかし治療の大きな手助けとして、成果を上げていることは事実です。

健康の鍵はミトコンドリア

僕は今でも、「もっと未病のうちに防いでいればよかった」と後悔しています。

身体が無理しているというサインはかなり前の段階から出ていたにもかかわらず、見ないふりをして仕事に没頭してしまったことが今回の大病に繋がったことは明白ですから。

赤木先生は、この「未病」という状態にも注目しています。

未病の定義は未だはっきりとはしていないのですが、発病には至らないものの、どこかが痛いとか身体が怠いとか疲れやすい、動悸が激しいなど、軽い自覚症状がある状態、と言われます。この軽いうちに異常を見つけ処置し、大病を予防するということが最近特に見直されるようになりました。それを「治未病《ちみびょう》」と呼び、高脂血症、糖尿病、高血圧などの成人病の治療もそのうちに入ります。中国の書物『黄帝《こうてい》内経《だいけい》素問《そもん》』に「聖人は未病を治す」との記述があるそうで、「未病」の重要性は先人より受け継がれてきた考え方であることが分かります。

とはいえ定義が未だ曖昧で患者にも実感しづらく、重要性は分かっていても具体的な治療には至っていないのが現状です。

病気は、なってから治すより、なる前にかからないようにすることが一番大事です。

では、未病の状態で一体何をしなければいけないのか？

その答えも赤木先生は水素が導いてくれたと言います。つまり、免疫力の向上です。人がそれぞれ生まれつき備えている自己回復力と防衛力。それを最大限にエネルギーを与え、活動させることが未病の予防につながります。

免疫力の基になっているもの、それがミトコンドリアと呼ばれる豆のような形をした細胞組織です。ミトコンドリアは摂取した食物からエネルギーを取り出し、体内でＡＴＰというエネルギーに変換します。このエネルギー・ＡＴＰを消費することで代謝を行い、体を動かすことができます。ちなみにミトコンドリアは、人間だけでなく動物や植物、菌類の全細胞で存在し、エネルギーを生み出しています。

ミトコンドリアがエネルギーを生み出す機能を、呼吸といいます。酸素を吸って二酸化炭素を吐き出す肺呼吸だけではなく、食物を消化して得られたグルコースなどを分解してエネルギーを得る働きも呼吸というのです。

ミトコンドリアで生成された多数のＡＴＰが体内のいたるところでエネルギー源として利用されているわけですが、ここで株式会社ヘリックスジャパンの有澤氏の説明を思い出してください。

「ミトコンドリア（細胞内のエネルギー生産工場）内では絶えず酸素を消費しており、この過程で活性酸素が発生しています。この活性酸素が老化やがんや成人病など様々な病気の原因と言われています。水素は多くの病気の原因である活性酸素を除去します」

つまり水素は、細胞の酸化を防ぎ、ＡＴＰ合成酵素内のタービンを回転させてＡＴＰを多く合成する、ミトコンドリアの働きを最大限に発揮させる担い手なのです。

ミトコンドリアの働きが向上すると、体内にはエネルギーが多く産生され、僕たちの身体は元気になります。免疫力が上がるということはミトコンドリアが元気に活動するということなのです。

現在、成人病予防のために広く言われている規則正しい生活リズムで暮らすことや、バランスのとれた食事を摂ること、適度な運動をし、充分な睡眠をとること、という生活習慣の改善は、すべてミトコンドリアの活性化につながると赤木先生は言います。これに水素の助けを借りれば鬼に金棒といったところでしょう。

僕の場合、痛風や自律神経の症状など、未病と呼べる明確な自覚症状が出ていたにもかかわらずそれを放置していたための今回の大病だとすると、もし10年前の時点で生活習慣を変えていたらきっと防げていたのでは、という悔やみがあります。

やはり子供の頃から僕たちが日常的に言われ続けてきた「早寝・早起き」や「三度の食事」などの当たり前の生活の仕方が、一番大切なのだと思わされます。

また、免疫力低下のサインは、もしかしたら個人個人で自覚しているものがあるかもしれません。なんとなく疲れやすかったり、口内炎などの炎症が起きやすかったり、身体の節々が痛かったり。自分なりのサインです。そのサインを見逃さないで身体を休めたり温めたり、運動したりする努力が必要なのだと思います。

心と病気の関係

そして忘れてはならないのが、精神の状態。

僕も、がんも末期になって、今更「病は気から」なんて、のん気なことは言いません。しかし、心の状態が病気の状態に直結していることは絶対に無視できないのです。

赤木先生のメソッドは高い成果を上げていますが、数字にするとその成果は60〜70％。約3割の人にはその方法でも効かないのです。この割合を100％に近づけることが赤木先生の目下の課題なのですが、先生はその過程であることに気付きました。

なかなか症状が改善しない患者の多くがマイナス思考だというのです。

たとえば、検査で良い結果が得られて、それを伝えたとします。その時、素直に「やった！」と喜ぶことができる患者は治療でも大きな成果が出ます。しかし「どうせ今は良くてもすぐに悪くなる」と喜べない患者、悪いほうに考えてしまう患者は治療の効果が出にくい傾向があるそうなのです。

実際に、うつ病のがん患者とそうでない患者とでは症状が似ていても生存率に大きな差があるという事例も報告されています。ということは、医師には治療法だけでなく精神的な力も必要だということです。

不思議な話ですが、僕は納得できます。悪いほうに悪いほうに考え、独りよがりになり、周囲の励ましにも背を向けた時、自分で病を作り出し、それを増幅してしまうのです。東京の病院にいた頃の僕はまさにその状態で、一人で不幸を抱え込んだような顔をして死に向かっていました。

主治医には、「好きな事をやってください」と言われていました。これが暗に「死にますよ」と言われていることくらい誰でも分かります。それが赤木先生に会って「大丈夫」と思えた時から、僕は身体も心も、息を吹き返しました。

繰り返し言いますが、ほとんどの病院で、患者はガイドラインに沿った治療法、薬しか提供されません。「そういう仕組み」になっている、ただそれだけのことです。

赤木先生のように、「(ガイドラインじゃ)助からないんだからしょうがないでしょ」と、さらりと道を外れて、僕らが生きられる方法を探してくれる先生は少数派です。

今、がん治療は本当に進んでいると思います。しかし患者本人にとってはすべてが闇の中の手探りです。どの治療法が効くのか、どの薬が効くのか、試してみなければ分からない。その判断によって生死が分かれ、人生が決まります。莫大な治療費を払っても、かいなく死を迎える、そんな悲劇も当然のように横たわっています。

自分の命は、自分で守る。

けれど、自分一人の力ではどうしようもないことがあります。

僕はミカさんと東條さんのおかげで赤木先生に出会えました。

そして、周囲の強力なバックアップがあったからこそ、転院・治療法変更という一大決心をすることができました。でも、もし僕が天涯孤独だったらどうなっていたのでしょう?

なんの疑問も抱かず大量の抗がん剤を打たれながら、地獄のような副作用に苦しみ、やがて薬も効かなくなって緩和ケアへと送られていたのでしょうか。

今でもそう思うと、冷え冷えとした悪寒が走ります。

これは、自分が末期がん患者にならなければ気づけなかった現実でした。

今、絶望のどん底にいる人に、まだ生きられるチャンスがあることを知ってほしい。

それを選択できる自由があることを知って欲しい。

そしてこれからの世の中において、「運」「不運」や「金持ち」「貧乏」ではなく、すべての患者に平等に、生存できるチャンスが与えられることを切に切に、願っています。

第六章　闘病ライフと二度目の奇跡

病気はお金がかかる

２０１７年12月27日。

退院して、いったん東京に戻れることになりました。受付でなかなかの金額を支払いました。家族の支援なしにはもうやっていけません。ボスと兄貴に泣きつくのだけは、本当に本当に避けたかったのですが、命には代えられません。

繰り返し言います、病気はお金がかかる。

僕たちが毎月コツコツ積み上げた健康保険だけで末期がんを治すことは厳しいです。

「おいおい、死にそうな時に救ってくれるのが保険じゃないのかよ！」

と、文句を言いたくもなりますが、そうなんだから仕方がない。オプジーボや現在注目されている陽子線治療、重粒子線治療も一部の部位を除き、多くが保険外です。一刻も早く、こういった先進治療が保険適用して欲しいというのが願いです。

ただ、民間の保険で、先進医療特約に入っていれば治療費を賄える場合も多いですから、今の時代、先進医療特約は必須です！　なんて、保険の宣伝のような文言はこれくらいにしておきますが、とにかく、がんサバイバーはお金とも闘わねばなりません。ほんとに、これだけは参る。どうにかして欲しい。

来た時よりもはるかに軽くなった心と身体と財布と一緒に、僕は熊本をあとにしたのでした。

ジョギングコースのうどん屋さん

年越しを家族と過ごす奇跡を経て、2018年1月9日。

僕はふたたび熊本にやってきました。集中的に治療に専念するためです。ここから6月ごろまで、時々仕事で東京に帰る以外はほとんど、玉名で入院する日々が続きます。

といっても、治療は週にたった1回。

採血＋温熱＋抗がん剤という治療を終えたら翌週まで待って、再びそのサイクルが繰返され、2週に1回、オプジーボ投与。週に1回だけ治療して、あとは全部ヒマなんです。いや、本当にヒマなのです。死ぬか生きるかの治療の最中に「ヒマ」なんて言ってちゃバチが当たりそうですが、週に6日は自由なわけですし、副作用もほとんどなく身体は動くので、何かしたくてしょうがなくなるわけです。

この頃、腫瘍マーカーは22000から21000、17500……と下降の一途。もちろん、普通の人よりはメチャ高い数値ではありますが、下がっているという事実は僕を勇気づけてくれました。もともと前向きなたちですし、行動力なら誰にも負けません。

ヒマにまかせて、僕はジョギングを始めました。

サーフィン仲間で、オーストラリアにも友人がいるのですが、彼らは僕が闘病中であることを知ると、「寝るな、動け！」と強気のメールを送ってきました。「寝たら死ぬぞ！」と、雪山で遭難したかのようなことを言う。しかしこの意見に僕も賛成しました。

入院のコツは、なるべくベッドに寝ないこと。これは僕の持論です。動けるなら動く。入院しているからといって昼も夜もなく横になっていたら本当にここから出られないような気になってしまうので、僕はなるべく昼間は外に出るようにしました。体力を維持するためにジョギングです。病院を出て、あぜ道をマイペースで走って行きました。まずは川を渡って神社の鳥居のある辺りまでが目標です。

病院周辺を走るだけですから、数日走るとおのずとコースも決まってきます。川を渡って田んぼのあぜ道をしばらく走ったところ、神社の手前で野良仕事をしているおじさんには、ほぼ毎日顔を合わせるようになり、人見知りしない僕はおじさんに話しかけ、やがて会う度に立ち止まって立ち話をするようになりました。

気さくに田んぼのことを聞いたりしていましたが、お互いのことはあまり知らないまま。ある日、彼がこの地区の区長さんだったことを知り、「偉い人だったんですね！」と僕が急に敬語になったかと思えば、区長さんも僕のことを「あんた病気だったの!?」と仰天。

そうやって笑い合えるほど、僕の精神力は回復していきました。

神社までは楽勝で走れるようになったので、ある日さらにコースを先に延ばして川沿いを走ってみました。するとその辺りでは一軒しかないだろうと思われるコンビニと、うどん屋さんを発見。「うどん」と書かれた門構えに美味そうなダシの匂い。思わずつられて軒先へ向かいました。

「ごめんね、まだ開店前なんだよ」

店先で準備していた店主が近づいていく僕に向かって声をかけました。僕はその人の、人懐っこい話し方が気に入って「いいよ、また来るから」と笑いました。

しかし長距離のジョギングでひどく喉が渇いていたので、「水、一杯だけもらえる？」と頼んでみると「いいよ～」と気さくに返事をしてコップに水を一杯持ってきてくれました。

客でもない見ず知らずの男に、水を一杯。今時なかなか考えられないことです。僕は店主の大らかな人柄にすっかり惚れてしまいました。

それから数日後に僕はその店にうどんを食べに行きました。これがまためちゃくちゃ美味い。透明に近い色のダシは少し甘く、麺や具材との相性が抜群です。

聞けば、もとは人材派遣業を営んでいた店主は、リーマンショックの煽りを受けて派遣業をたたむことになり、一念発起して立ち上げたのがこのうどん屋なのだそうで、当時は「飲食店の中では簡単そう」という軽い気持ちで始めたそうです。

しかし実際に始めてみて、来てくれる知り合いから「あまり美味しくない」と言われることが多く、ダシや麺に工夫を重ねて重ねて今の味にたどり着いたとか。現在では近所の人だけではなく、観光客や遠方からも味の評判を聞きつけて食べにくるお客さんも多いそうです。

僕は、このうどん屋さんをジョギングコースの折り返し地点と定め、それからほぼ毎日、ジョギング中に開店前のうどん屋さんに立ち寄って水を一杯もらい、店主と立ち話するのが楽しみになりました。今では、僕がやってくると「また水だけかよ」と笑いながらコップを持ってきてくれる店主も、僕が末期がんで近くの病院に入院していると知った時には、区長さんと同じようにぎょっとしていました。まったく病人に見えない……と。

サーフィン仲間たち

僕自身、病気であることを忘れている日が多くなりました。

身体の調子はすこぶる良く、たまに抗がん剤の後に、お腹が張るような感覚になる以外は怠さもなく、安定していました。東京でのグロッキーな抗がん剤生活はどこへやら、です。

ただ、そうなると一層「ヒマだ」という感覚は増すばかり。しかしこの「ヒマ」という感覚は、元気だったときのヒマ＝退屈、という感覚ではなく、時間があるのに何かしなければもったいない、という気持ちに近いのです。

一度、死の淵を見ると、世界の景色が違って見えると多くの人が言いますが、その通りです。僕にとって一日、一日、という単位は、一生、一生、と言えるほどの価値になりました。その日会う人、起こった出来事、自分の感情がとても意味あるものに感じてくるのです。

ですから、今生き長らえているこの一日一日を、より一層価値あるものにしたいと思ってしまうのです。早く仕事に復帰したいと強く思うようになったのもこの頃からです。死の準備をしていた数ヵ月前が嘘のように、僕は生きる意味と価値を深く実感していました。

この年の6月まで、約半年間の入院期間、そんな「ヒマだ！」という僕の噂を聞きつけて（いや、実際には容態を心配してくれて）、実に多くの仲間たちが、わざわざ熊本までお見舞いに駆けつけてくれました。僕にとって誰かに会える日はいつも特別でした。

なんといっても、僕の一大事をがっつりと支えてくれたのはサーフィン仲間たちです。

僕が20年前に立ち上げた「グレイズ」というサーファーチームに200名ほどの登録者数があるのですが、その仲間たちがたくさんのエールを送ってくれました。

サーフィン界のビッグスター、プロサーファーの牛越峰統さんは、僕にとっては弟のような存在ですが、何度も病院を訪れ、僕に寄り添ってくれました。宮崎日向のプロサーファーである海埜アキラさん、サーフィンを教えた地元の後輩の清水祐一くん、同じく僕の弟子ともいえる東利光くん（彼は和歌山南紀白浜の割烹旅館の若旦那です）など、数え上げたらキリがないほどの人たちが玉名の小さな病院の一室を訪れてくれました。

こうやって書いてみると、つくづく人は人の支えで生きてるな、と実感します。スポーツにおいても、観戦者の声援が、良いパフォーマンスへ導く一つの大きな要因です。「応援・声援」の力は、決して気休めではないと思います。僕も、周囲に励まされてここまで来ました。熊本まで来てくれた皆は、まるで熊本観光にでも来たかのような何気なさで訪れてくれましたが、帰りには必ず「頑張れよ」と、言葉ではない想いを残していってくれました。病気になると人のことも自分のことも良く分かります。

人生は、人と人との関係で成り立っているのだ、ということも強く実感します。

ハワイの風が運んできた奇跡

さて、入院期間も3ヵ月が過ぎ、季節は春を迎えていました。

久しぶりに腫瘍の状態を見るためのCT検査を行いました。検査のたびに「悪くなってやしないか」と不安で仕方ないのですが、この時も不安がおさまりません。

この頃はずっと身体の調子が良く、ジョギングもほとんど毎日やっていました。しかしあまりにも調子が良すぎて逆に不安になるのです。もし、腫瘍が大きくなっているとかさらに転移しているとか、絶望的な結果になっていたらどうしようと思っていました。

その週末に結果が出るものと思っていましたが、赤木先生からの呼び出しはありませんでした。そのまま結果は週明けに持ち越すことになり、僕は不安と共に週末を過ごすことになってしまいました。

「もう結果が出ているはずなのに……先生から呼ばれなかったということは、もしかしたら悪い結果が出たのだろうか。それを先生は伝えられずにいるのではないか……」

こうなってはもう負のスパイラルに突入です。いつもは前向きでいられる僕が、まだありもしないことを考えてグルグルと不安に陥る。しかしこれが患者心理なんです。自分ではもはや、どうしようもない。その時救われたのは、ハワイの友人が週明けに行くよ、と連絡をくれたことでした。

ハワイで事業を成功させ、現地の男性と結婚したマルちゃんは、地元の後輩の中でもかなりパワフルな女性。週明けの月曜日、不安で爆発しそうな僕のもとに、旦那さんと一人の娘を連れて、ハワイからはるばるやってきてくれました。僕は月曜の朝、早めにジョギングを済ませて、新玉名の駅で出迎えました。

マルちゃん家族が、大好きなハワイの風を病院にも連れてきてくれたようで、不安を隠していた僕の心は少し癒されていきました。

マルちゃんたちを案内しながら病院内の廊下を歩いていると、前方から赤木先生が近づいてくるのが見えます。僕は、はっとしました。

その時、まだ先生からの呼び出しはありませんでした。悪い結果を僕にどう知らせようか、きっと先生はそう考えているに違いないと思っていましたから、廊下で会ってしまっては気まずい、一瞬僕はそう思って下を向きました。

が、先生は僕を見ると、手にした一枚の紙をペラペラと振りながら、半笑いで近づいてきました。

「髙橋く～ん、ちっちゃくなってるよ～」

ん？

何を言われたのか分かりません。先生は、マルちゃんたちが傍にいるのも構わず、僕に近づいてきて、手にしていたＣＴ写真を僕に見せました。

「ちっちゃくなってる」

え、何が？

ポカンとする僕に、先生は写真を示して見せました。傍にいたマルちゃんも興味津々で写真を覗き込みました。見慣れた僕の肝臓の写真。僕の肝臓を食い尽くさんばかりの塊が、がん細胞です。しかし……いつもあったはずの大きな塊がその写真には見えません。

「縮小率60％。相当小さくなったね」

先生は写真をポンポンっと叩くとにっこりと笑いました。隣にいたマルちゃんはそれが凄いことだとすぐに悟り、「やったね！」と飛び上がらんばかりの勢い。

そうです、奇跡が起きたのです。

僕の中に巣食っていたがん細胞が、一気に半分以下に減ったのです。抗がん剤とオプジーポ、温熱と、そして水素吸引を地道に続けた、たったそれだけのことで。

この数日抱えてきた不安と恐怖が一気に吹き飛びました。そして、この素晴らしい成果を、廊下の真ん中でペラっと伝える先生の天然ぶりに、怒りを通り越して笑えてきました。

「あの……、こういうの診察室でやってもらっていいすか」

「あ、そだね。じゃ、今から診察室来る……？」

「いや、もういいです」

僕と先生は笑い合い、ハイタッチしました。


治療を始めてたった3カ月で、がん自体が60％小さくなるというのは赤木先生にとっても初めてのケースだったそうです。先生は週明けに結果の写真を見ると、そのまま写真を持って僕の部屋に来ようとしていたそうです。その途中でマルちゃんたちを案内する僕にばったり出会って、廊下の真ん中で報告することになったわけです。

赤木先生のもとで起きた二度目の奇跡。

僕は、あの廊下での光景を一生忘れないと思います。

久しぶりの手術

赤木先生からその後、これからも集中的に治療を続けていくために、ポートを入れようと提案されました。ポートとは、中心静脈カテーテルの一種で、「皮下埋め込み型ポート」と呼ばれるものです。皮膚の下に埋め込んで薬剤を投与するために使用します。

１００円硬貨程度の大きさの本体と、薬剤を注入するチューブ（カテーテル）で出来ていて、通常は首や鎖骨の下の血管からカテーテルを入れ、胸の皮膚の下に埋め込みます。カテーテルの先端は、心臓近くの太い血管に留置されます。

ここで、痛がりの僕が再び震えたのは言うまでもありません。

皮膚の下に、埋め込む？？　怖すぎます。

しかし、これからも抗がん剤治療を定期的に続けていくなら、その都度腕に針を刺すよりもポートを入れてしまったほうが絶対に楽だし確実、と聞いて僕は決意しました。毎度腕に針を刺されるのも本当に苦痛だったので、一度手術してしまえば後が楽なら、と思ったのです。ですが、久しぶりの手術。

小手術なので局所麻酔で、と聞いた僕はなんだか不安になり、「完璧に麻酔してください、絶対に眠らせてくださいよ！」と懇願。赤木先生は「うん、うん」と聞いてるんだか聞いてないんだか曖昧な返事。

いざ手術の日、ベッドに寝かされ、確かに麻酔を打たれたのに全然眠くなりません。手術の準備をしている先生や看護師の声が普通に聞こえてきます。

「先生、麻酔してます？」

思わず聞いてしまいました。

「大丈夫、そのうち効いてくるから」

と先生は淡々と準備を進めています。しかしいつまでたっても僕の意識は冴え冴えとしたまま。おいおい、待て待て。このまま始まったら絶対無理……！　と思った瞬間にブス、と何かが胸に刺さりました。

「いて!!」

思わず声を出すと「あれ、起きてんの？」と赤木先生。起きてますよ、痛いですよ！と訴えるも、先生は顔色一つ変えずさっさと手術を進めています。僕は半分朦朧としながら（でも確実に痛かった）、そのまま手術を終えたのでした。

赤木先生はもともと外科医。今回の手術は先生の本領発揮だったわけです。怖がる僕の心配をよそに手早く手術を終えた先生は満足気。しかし僕はその夜、久しぶりに熱を出しました。39℃。一瞬、敗血症をやった時のあの恐怖が蘇ります。まさか感染症では!?　とビビる僕に、先生は一言。

「切ると発熱するんだよ」

のん気なものです。先生の言う通りで、熱は翌日には落ち着き、術後の痛みもあまり感じませんでした。やはり腕の良い外科医と認めざるを得ません。実際、麻酔のかけすぎは危険なのだそうです。最低限の量に留めておいたほうが傷の治りも早いとか。

が、やはり痛かった。最近、折に触れてそんな恨み言を言うと先生は「本当に怖がりだよね」と笑い返します。

赤木先生の不思議なところは、こちらがどれほど怖がっても、心配しても、それを大したことはない、と思わせてくれるところです。恐怖や不安を口にしても先生は「あ、そう」とフワーっと流すだけ。こちらは「おい！」とツッコみたくなるのですが、先生の言う通りに症状は改善します。

これが本当に不思議なのです。

先生が信じているのは「人がもともと持っている自己防衛力」、つまり免疫です。薬漬けにしてこの力を弱めることが何より危険だという考え方です。病気や傷を治す力は、もともと人が持っている。その免疫を高めるためには、最低限の薬で少し手助けしてやればいい、という考え方に基づいているのです。

熊本と東京の時間の流れ

4月に入ると、僕は時々東京へ帰るようになりました。曽我に任せっぱなしの仕事を処理するためだったり、国士舘大学の授業にも顔を出したり。少しずつ仕事の現場へ復帰するようになっていきました。

なんだか、熊本の病院にずっといるのをもったいないと思い始めたからです。せっかく動けるのだから働きたい、そんな強い思いに僕は従おうと思いました。だいぶ良くなったとはいえ、完治したわけではありませんから、いつどうなるか分かりません。今、神様から時間をもらっている間に何かしなければ、という焦りもあったように思います。

しかし、熊本と東京では、時間の流れ方や人の動き方が全然違います。

住み慣れたはずの東京なのに、戻ってくるとその流れについていけない自分をも痛感しました。熊本では「動けるぞ！」と思っていたけれど、東京での人の活動に合わせようと思うと、やはりまだきつかった。昼間は事務所でスタッフと一緒にいても、夜は自宅で一人、いつ何が起きるか分からない……という不安感もあったのかもしれません。精神的な疲労も含めて、一日の活動量が、熊本での入院生活の何十倍にも感じられました。

元気な時には、こんな生活を平気で毎日こなしていたのかと思うと、なんだかぞっとするというか、相当身体に無理をさせていたのだなと思います。

いったん東京での仕事を済ませて再び熊本に帰ると、その空気の清々しさに癒されると共に、急に時間の流れがまったりとして、そのギャップに驚きます。しかし安心する反面、東京での生活から置いていかれている気がしました。こんなに快復して、こんなに元気なのに、もう元の自分には戻れないのか……、そう思うと無性に涙が出てきました。

人間って奴は、虫が良くてひ弱だなあと、つくづく思います。一日一日生きられるだけで感謝したいのに、それだけでは満足できない自分がいるのです。人が健康に生きるということは、社会的に生きるということ。だから、病気の完治とは、社会復帰できる、ということなのだと思います。

桜満開の季節となっていました。

病院の傍を流れる川岸にも見事な桜の木があり、散っていく花びらが川面に浮かび、春の陽にキラキラと輝いています。ジョギングで訪れる神社もピンク色の花びらを思いっきり膨らませて、枝を風に揺らしていました。

昨年の12月、東京の病院でクリスマスツリーの電飾を見ながらベッドに横たわっていた時、この桜が見れるなど想像すらしていませんでした。その奇跡に深く感謝すると同時に、なぜか僕の心はふさぎ込んでいきました。

世間は心が浮き立つ春だというのに、僕はベッドにもぐりこんで泣く日が増えました。必死で脇目もふらず治療して、少し元気になって東京に帰ってみたら、そこにはまだまだやりたいことが沢山あった。夢が残されていることを思い出した。それなのに自分は、この憎きがん野郎とずっと付き合っていかなければならない、治ることはない、永遠のトンネルをずっと歩いていかなければならない……。そんな後ろ向きな気持ちだったようにも思います。もともと僕は泣き虫ですが、この病気になってから、一生分以上の涙を流したように思います。たった今も、この文章を書きながら涙を抑えきれずにいる。本当に、弱いものです。

元サッカー日本代表・巻誠一郎

しかし生きている限り、泣きながらでも人生は進みます。Ｌｉｆｅ　ｇｏｅｓ　ｏｎです。人生が進めば、出会いがあります。この頃、僕はとても大切な出会いをしました。

巻誠一郎。

言わずと知れた、サッカー元日本代表。熊本のスターです。

巻が僕の病室にやってきたきっかけは、互いに共通の知り合いの人物でした。僕が所属していた社会人リーグでの先輩、上畑さんが、巻の駒澤大学時代のコーチだったという縁で、ある日、巻はその上畑さんから連絡をもらったそうです。

「俺の後輩が熊本に入院したらしい、俺がなかなか行けないから代わりに行ってくれ」

巻は一瞬「？」となりました。それもそのはずです。いくら元コーチからの頼みとはいえ、見ず知らずの人間がいきなり見舞いに行ってもいいものか。しかし元来、素直な性格の巻は、信頼するコーチから「頼む」と言われたので「分かりました」と二つ返事で承知しました。

見舞いの相手は末期がんの男。巻は風邪菌などを持ちこまないようにがっちりとマスクをはめ、とても用心深く僕の病室に現れました。

最初に巻が来た時、その身長の高さも相まって、さすが元日本代表というオーラを感じたのを覚えています。大きく手を上げて「よお、ありがとう、来てくれて！」と叫ぶと、巻は面食らったように僕を見つめていました。巻がイメージしていた僕の姿は、ベッドに寝たきりでやせ細り、ろくに言葉も交わせないような状態の男だったからです。

しかしその時の僕はジョギング帰りでジャージを着ていて、少し汗をかいていました。運動の後だったので気分もよく、いつもより大きな声が出てしまうほどに元気。巻の想像とはかけ離れていたので、驚いたのも当然でしょう。

病室で、お茶を淹れて話を始めると、みるみるうちに意気投合していくのが分かりました。巻の、選手としての一面だけでなく、人として、好奇心と行動力が半端ない男であるという人間像が見えてきました。サッカー以外のことにも幅広く興味を持ち、多くの人と繋がり、思い立ったら即行動し、権威にも臆せず向かっていく。その姿勢がまるで自分の若い頃を見ているようでひどく親近感が湧きました。

「温泉、行くか？」

夕方まで病室で話し込んで、それでもまだ話は尽きず、僕は思わず巻を温泉に誘っていました。巻のほうも「いいっすね」と即答。すっかり常連となったつかさの湯へ出かけ、（初対面にもかかわらず）風呂に浸かって話し込みました。

それ以来、まるで昔からの友人のように巻は頻繁に病室に訪れてくれるようになりました。１８５㎝の長身ですから、どんなに帽子やマスクをしていてもすぐに巻と分かります。

病院では、巻が来るとちょっとした騒ぎになり、普段、僕の前では母親のように堂々たる態度の看護師たちも、照れながら色紙を差し出しサインをねだる光景がしょっちゅう見かけられるようになりました。

巻は、どんな人が相手でも全く態度を変えません。サインにも快く応じ、まっすぐに人と会話します。プレーと同様に真摯で、温和な人柄に僕はすっかり惚れ込みました。

巻は「利き足は頭」と言われるほどのヘディング技術の卓越した選手として知られています。ワールドカップで日本代表に選ばれた時の猪突猛進ともいえる活躍ぶりはサッカーファンならずとも記憶に新しいことでしょう。単身でロシアのチーム、中国のチームと渡り歩いた際には壮絶な経験を一人で乗り切るタフな精神力もあり、そして２０１６年４月14日の夜、熊本を襲った震度７の大地震の、あの時に彼が起こした行動力はとても真似できるものではありません。

熊本は、14日だけでなく、さらに16日未明にも再び震度７の本震が直撃し、甚大な被害を受けました。そんな中、巻は被災した人々のために奔走します。

避難所に救援物資を届けて回り、一人一人に励ましの声をかけました。復興支援サイト「ＹＯＵＲ　ＡＣＴＩＯＮ　ＫＵＭＡＭＯＴＯ」を立ち上げ、全国に募金や物資の支援を呼びかけました。そして届いた物資は、自らが避難所を渡り歩き配りました。余震の不安から逃れられない子供たちの笑顔を取り戻そうと、避難所でサッカー教室を開いたり……。チームでの練習が再開された後も、巻は避難所に通い続けたそうです。

２０１９年1月15日、巻は生まれ故郷である熊本の地で現役引退を発表しました。


「わたしはスポーツから諦めない心を学びました。１人の力は小さなものだけど、１人が集まれば大きな力になります。スポーツに触れて諦めない心を感じて欲しい。そして、これからの熊本、日本の未来へ繋げていって欲しいのです。　　（巻誠一郎）」


彼の諦めない精神がチームの士気を上げ、熊本を救ってきたことは周知の事実。震災から3年目に入りますが、まだまだ震災のショックから立ち直れていない地域も多く、巻はこれからも故郷の復興に尽力していくと、熱をもって話してくれました。

彼の存在は、僕の熊本での闘病生活に大きな意味を与えてくれました。

赤木先生がいるというだけで、藁《わら》をもすがる思いで来たものの、この地は僕にとってはなんの縁もないと思っていました。しかしここで自分とよく似た巻という男と出会って、僕がなぜこの地に来たのか、なんとなく分かり始めました。

人生には無駄がない。

すべての出会いには意味があります。

そして、この憎らしい、恨んでも恨み切れないがんという病に襲われたことも、僕の人生において重要な意味を持つのだと、少しずつ、少しずつ認められるようになってきました。

乱高下する腫瘍マーカーの数値

次第に夏が近づいてきました。

5月に一度退院して東京へ戻り、諸々の仕事を再開しました。身体の状態が普通なので、4月頃から治療の際も入院ではなく、ホテルをとって外来で受けるようにもなっていて、僕自身少し油断していたというか、治ったような気分になることもよくありました。が、そのうちにどうも調子が悪くなってきて、6月5日に熊本へ戻って採血を行い、検査をしました。なんとなく倦怠感が続くようになり、それまでの軽快な身体の状態から少し変わっているように思えたのです。

検査から1日。一抹の不安を抱えながら赤木先生の診察室に呼ばれました。落ちていたはずの腫瘍マーカーの数値が、再び上がっていました。ずっと20000前後でキープされていたのに、一気に96000へ。

僕は東京と熊本を行ったり来たりしていることがやはり良くないのか、と落ち込みました。2週間入院した結果、6月中旬に検査すると再び下がって50000へ。しかし安定していた一時期よりも高い数字です。

やはりこの身体は何をしても助からないのか……とがっくりとしてしまいました。このままいけばがんがゼロになる、完治ということもありうるかもしれないとうっすらとかけていた期待がバラバラと崩れていくのを感じました。

「腫瘍マーカーはがん細胞が破壊されても上がるものだから。この数値だけで一喜一憂しちゃいけないよ」

そう先生は言いましたが、やはり気分は落ち込んだままでした。

東京で以前と同じように仕事をするのは、やはりもう無理なのかもしれない……。そう考えると再び目の奥が熱くなってきて、一人ではどうしていいか分かりません。いつも仲良くしている看護師たちが心配して声をかけてくれても、八つ当たりのように強い口調で突き放してしまったりして自己嫌悪に陥りました。

そんな時です。

病室で、巻が待っててくれました。手にサッカーボールを持っています。驚きました。

「サッカー、しましょうよ」

と言って巻はボールと一緒にスパイクを差し出しました。新品のスパイク。それを見た瞬間に、昨年発病した時、東京の家でゴミ袋に捨てた愛用のスパイクが目の奥に蘇りました。

著者と巻誠一郎氏

「もう二度とできない」

自分の人生を諦めるために捨てたスパイク。しかしここまでなんとか生き延びて、今ふたたび新しいスパイクを、しかもサッカーを極めた男から差し出されている。その因果に、我慢していた涙がポロリと落ちました。

巻は以前、僕が会話の中で「サッカーしてぇなあ……」と呟いたのを覚えていたのだといいます。したいならしましょうよ、と巻らしい素直な発想で新品のボールとスパイクを用意してくれたのだそうです。少年の頃から馴染んできたサッカーボールを手に取ると、僕は心に、ふたたび闘志が湧き上がって来るのを強く感じました。

「負けてたまるか」

決定打とするための新たな治療

実はこの時、赤木先生は内心、いろんな策を巡らせていたそうです。完治のための決定打が必要だと。先生は僕を本気で完治させようとしていました。そのためにはこの病院だけではなく、別の病院のエキスパートの力も借りる必要があると。

先生は、僕を最初に診察した時、体力もあるし、もとが元気だから、抗がん剤とオプジーボ、ハイパーサーミアのフルコースで乗り切れるのではないかと前向きな治療を進めてきた結果、これまでの胆管がんの患者は大抵反応が悪かったのに、僕の場合はいきなり2週間で効果が表れて、体調も良好になったことで内心驚いていたそうです。

そこで、これは本当に完治できるのではないかと、小さくなった腫瘍を決定的に叩く手段が必要だと考えました。打つ手も一つではなく、ターゲットを絞った放射線治療か、血管内治療か……と数種類の中で考えていたとか。血管内治療とは血管の中に管を入れて、腫瘍に直接薬を入れる方法で、これも有効と思われたのですが、どのくらいの効果があるのか、またリスクが生じるかは未知の領域です。

実は先生も手探り状態の中で必死に思案していたといいます。僕の前ではそんな姿は一切見せず、相変わらずフワ～っと笑ってばかりいたのですが……。

先生の脳裏に「陽子線治療」というワードが浮かんできたのはこの頃でした。

第七章　闘いの終わりを目指して

神津島の秘密の洞窟

８月。

僕は、東京都神津島にいました。何度もサーフィンで訪れたことのある大好きな島。そして、最初に発病に気付いた島。この島に帰ってこれる日が来るなど思いもしなかった場所。

誘ってくれたのは神津島で家族のように付き合ってきた清水邦彦、通称クーニです。クーニは、熊本の病院にも何度か見舞いに来てくれていましたが、この頃、腫瘍マーカーの数値が上がって落ち込んでいた僕のことを励ましてくれるつもりだったのでしょう。

「一緒に花火大会を見よう、神津島へ帰ってこいよ」

と声をかけてくれました。もう一度あの海が見たい、という希望を胸に、僕ははりきって仲間たちを誘い、旅行の計画を立てました。体調も良く、気持ちも前向きでした。いつも強引に仲間を巻き込んで旅行したり仕事したりしていた昔の自分を取り戻したようでした。誘った仲間たちも都合をつけてくれて、久々に大人数で（14〜15人ほども集まったでしょうか）懐かしい島へと出発した日、あの日と同じように、空はよく晴れていました。

島に到着するとクーニとその家族、島の仲間たちがみんなで出迎え、もてなしてくれました。その日は仲間の店にお邪魔して、みんなで夜空に打ちあがる花火を眺めながら大笑いしました。40～50人は集まったでしょうか。

流しそうめん大会など、久しぶりにバカ騒ぎをしました。夜空を彩る花火は、まるで僕の人生にエールを送る応援団のように、ドーンドーンと地響きを立てて打ちあがり、夜の海に吸い込まれていきました。

翌日、キンメ漁の島の漁師のヒロナリさんが、自分の船を出すから乗れと言ってくれました。僕らは大人数で彼の船に乗り込みました。とても良く晴れていて気持ちが良かった。

空の青を映した海は静かにコバルトブルーに光っていました。

「秘密の洞窟がある」

ヒロナリさんが、僕を振り返って嬉しそうに目を輝かせました。秘密かあ……、と久々に童心に返った気持ちでわくわくしていると、前方に本当に大きな洞窟が見えてきました。頑強な岩の下にぽっかりと開いた穴。その穴の奥は真っ暗で、どこまでも広がっているように見えます。その幻想的な海の洞窟に僕は魅せられていました。船は、静かにその洞窟の中へと進んでいきます。ひんやりとした冷気が漂ってきました。

「この洞窟には不思議な言い伝えがあって」

クーニが僕に言いました。

「洞窟の中で岩から滴る雫《しずく》を患部にあてると、病気や怪我が治ると言われてるんだよ」

その言葉を聞いた瞬間、僕の胸に熱いものがぐっとこみ上げました。みんな、この岩の雫を僕にあてさせるために、協力して船を出してくれたのか……。そう考えると胸の熱さはジワジワと身体いっぱいに広がり、僕は何も言えず、ただ黙って頭を下げました。

船は洞窟の中央部で漂い、僕は皆に勧められるままに滴る雫を腹に受けました。どこまでも深い青の海。神聖な霊気が漂う場所で僕は静かに祈りました。祈ったという自覚はないのですが、あの時の感謝の気持ちは、たしかに祈りだったように思います。

ふと、隣を見ると、20年来の仕事仲間でモデルの熊谷まゆみさんが、小さな娘と手を取り合って岩の雫を受けようとしています。泣いている僕の腕を軽く小突いて、

「私も御利益いただかなくちゃ」

悪戯っぽく微笑む旧知の友に、僕は笑いました。そして、いつもと変わらず接してくれる仲間に深く感謝しました。こんなに応援してくれる人がいる、支えてくれる人がいる、僕が生きることを望んでくれている人がいる。その想いを無にしたくない。

神様、僕は生きたいです。心からの祈りを捧げました。

先進医療「陽子線治療」と高額な治療費

話は少し戻って、7月11日。

僕は熊本の赤木先生の診察室にいました。

「髙橋くん」

赤木先生は僕を見据えて言いました。

「とどめを刺すぞ」

フワッとした先生の口からとどめ、という言葉が出てきた違和感に僕は一瞬笑いそうになりましたが、先生の目は真剣です。まだ僕の身体を脅かし続けている脅威を徹底的に潰そうと先生は提案したのです。

僕はこの日初めて「陽子線治療」という治療法を聞きました。

「陽子線治療」とは、放射線治療の一種です。陽子、とは水素の原子核で目に見えない微細な粒子です。陽子線治療は、特殊な巨大な機械を用いて、陽子を人工的かつ大量に作り出し、真空中で加速し、患部に照射してがん細胞にダメージを与える治療法です。

従来の放射線治療ではがん局部の周囲の正常な細胞も傷つけてしまうだけでなく、体内の浅いところで放射線が最も強く、体内の奥へ入るにしたがってエネルギーが徐々に弱くなってしまうという特性がありました。

さらに、病巣を超えて身体を突き抜けていってしまうのです。しかし、陽子線は「止まる」という性質を持っています。あらかじめ患部に向けて設定した深さに到達すると、最大のエネルギーを放出して停止してくれるのです。

この性質はブラッグピークと呼ばれ、がん細胞に合わせてブラッグピークの深さや幅を調整することで、がん局部だけに照射することができ、なおかつ周囲の正常な細胞が傷つくことを抑えることができます。

「陽子線治療だけであれば通院で治療することができる。1日15~30分程度の治療で、痛みがほとんどないから、痛がりの髙橋くんでも大丈夫だと思う」

赤木先生は淡々と言いました。

この説明だけ聞けば、非常に優れた治療法ではありますが、この陽子線照射は、巨大な装置や特殊な技術を必要とするため、日本国内でも扱える技師がまだ少なく、導入している病院も多くはありません。しかし鹿児島に陽子線のエキスパートがいる、紹介すると赤木先生は言うのです。

突然のことで、僕は再び悩みました。

確かにここのところ数値は上がっています。でも赤木先生のメソッドを続ければ、それだけでどんどん小さくなっていくのではないか、そんな期待もあります。このまま先生の治療を続ければ……と言うと先生は、

「完治するんでしょ、だったら総攻撃をかけようよ」

と、いつになく強い口調で言い切りました。僕は事の重大性を思い知らされました。怖がりの僕は、ふたたび憂鬱になりました。熊本に来るときもやっとの思いで来たけど、今度はさらに鹿児島。また見ず知らずの場所に一人っきりで行かねばなりません。痛みの少ない治療とはいえ、なかなかイエスとは言えません。

そして、この鹿児島行きにはさらなる大問題がありました。そう、お金です。「陽子線治療」は、先進医療のため、健康保険が適用されません。なんと約250万～300万円といった高額な治療費がかかります。これ、すべて自費負担です。300万円。善良な小市民がポンと出せる金額ではありません。

もう、何度も言います。病気は金がかかる‼

さすがにここまできて、ボスや兄貴に頼るわけにはいきません。もうすでにたくさん援助してもらっているのです。それだけでなく兄貴は何度も何度も熊本に来て、献身的に看病してくれています。そんな家族に、もうこれ以上負担をかけられない。

お金がない。

その理由で僕は陽子線治療を諦めようとしました。もし、陽子線をしないでそのまま死んでしまうのであれば、もうそれまで。僕の命運は尽きた、ということなのだと。

僕がこのように諦めかけていた最中にも、赤木先生はさっさと鹿児島の陽子線治療のエキスパート、メディポリス国際陽子線治療センターの荻野尚医師に連絡をとり、僕の様子を伝えていました。いつ僕が「行きます」と言ってもいいように万全に準備してくれていたのです。

そんなことは露知らず、数日後、僕は東京へ戻りました。

陽子線治療のことは深く考えず、何食わぬ顔で仕事を再開しました。

しかし、仕事仲間と打ち合わせしたり、来年以降のイベントの企画や作品制作の話をしていても、なんだか身体が重く怠く、万全とはいえない日々が続きました。久しぶりに僕に会いに来てくれた仕事仲間たちは「元気そうで良かった」と口にしますが、それは僕の持ち前の「パッと見、元気」な見た目にあるだけで、当の本人である僕は、常に気持ち悪さと闘っていました。

それでも仕事を前に進めなければなりません。自分のせいで会社のスタッフを路頭に迷わせるわけにはいきませんから。それに、仕事を進めなければ自分自身が折れてしまう気がしていました。

「そんなに急いで仕事しなくてもいいんじゃないですか」

「まずは治療に専念してください」

この意見はもっともです。しかし僕は周囲からそう言われると意固地になってしまいました。僕の病は、完全に治ることなんてほぼない。それどころか、いつお迎えが来たっていいくらいなのです。

だから、今やれるうちに、やれることをやりたい。ゆっくり休んで、と言われるのが一番苦痛で、とにかくやれることは今すぐ取り掛かりたかった。僕は一日一日を惜しむように仕事していました。

先進医療特約

そんなある日のこと。

スマホが鳴りました。赤木先生です。一瞬嫌な予感がしてすぐに応答しました。

「はい、髙橋です」

「あ、髙橋くん」

「何かあったんですか」

僕の心臓はバクバクと波打ち始めました。もしかして先月の検査結果で何か大きな問題が起きたのでは……!?

「いやね、今、人と待ち合わせしてるんだけど」

「はあ」

「なかなか来ないから、電話してみた」

「………。えっと、それは暇つぶしですか」

「うん、そうだね。元気？」

元気？……じゃねえだろ！　いつもなら心でツッコむのですが、この時ばかりは笑いと共に思わず口から言葉が出ていました。なんなんだよ、まったく。普通、医者が患者に「ヒマだから」って電話かけてくるか？

僕は相変わらずな先生のキャラに呆れながらも、どこか安心感が漂うのを感じました。やはり先生の声を聞くとホッとします。東京ではなるべく弱音は吐かないようにしているけど、先生には「正直、体調は良くない」と本音を口にしました。

「陽子線、準備してあるよ」

しばらく話した後、先生は言いました。僕はお金のことを話しました。とてもじゃないけど、今の僕に３００万円は無理です。もちろん僕だってがん野郎を根絶したい。だけど……。

「保険の先進医療特約は？」

と先生に問われ、いえいえ、保険は入院保障だけで……と、言いかけて、僕は「ん？」と気づきました。

「先進医療特約？」

「うん、入ってたらお金は大丈夫なんじゃない」

「ちょ、ちょっと待ってください！」

「あ、今、待ち合わせの人来たから、切るね」

「あ、待って先生！」

先生の電話はさっさと切れました。僕はいそいで自宅に戻りました。思い当たるところがあったのです。僕は自宅に帰るや否や、保険の書類の中から申込書と契約書を引っ張り出し、申込書を開いて思わず「あっ」と声をあげました。

先進医療特約の欄にしっかりチェックしています。その分、月々数百円の上乗せを支払っていたのですが、保険に無頓着だったせいか、すっかり忘れてしまっていたのです。急いで問い合わせると、陽子線治療は先進医療特約の適用内。３００万円の治療費はこの保険でまかなえることが判明しました。

「助かった！」

この先進医療特約、申込時に、ほんとうに何気なくチェックを入れただけでした。あまり深く考えていなかったので、それがどんな医療に適用されるかなど調べてもいなかったのです。

僕が学んだ教訓は、末期がん治療の場合、この先進医療を受けられるか受けられないかが大きなカギになるということです。陽子線や重粒子線などの先進医療を使って症状を大幅に改善できた人はたくさんいます。それを、お金の問題で命を諦めてしまうのはあまりにも切ない。

正直、お金がかかる治療ほど早く保険適用にしてもらいたい。

こう言っている間にも選択肢がなく、死に直面している人は大勢いるのです。日本の保険制度は優れているが、命を救う制度ではないと僕は思います。だから、僕たち個人個人は、このサバイバルを生き残るために最悪の事態に備えて準備しなければいけないのです。

でも、やっぱり、お金で命運が決まるなんて……何か理不尽だ。

「陽子線治療、お願いします」

その日の夜に、赤木先生に電話をして伝えました。この治療が、闘いの終わりになることを願って。

メディポリス国際陽子線治療センター

8月21日。

熊本の赤木先生のもとで一度採血してもらい、翌日の22日、僕は鹿児島へ出発しました。

僕が向かったのはメディポリス国際陽子線治療センターです。熊本から車で2時間。鹿児島県は九州の最も南に位置する県ですが、メディポリスセンターがあるのはその中でも薩摩半島のいちばん南の端に位置する指宿《いぶすき》というところ。「日本最南端のセブンイレブン」があったりして、僕は思わず笑いました。到着した僕は広い敷地にそびえるガラス張りの近代的で美しいデザインの建物に一瞬見とれてしまいました。

「リゾート……？」

と、思わずつぶやいてしまったのは当然で、ここはもともとグリーンピア指宿というリゾート施設のあった場所です。その広大な敷地内に2011年、陽子線治療に特化した医療施設が開設されました。僕のような、末期がんを抱えて、広く全国から患者が訪れます。

加えて指宿は、古来より湯治場《とうじば》として知られてきた日本有数の温泉地。ここで「リゾート滞在型陽子線がん治療」という新しい治療スタイルを実現しているのです。

抗がん剤などの副作用に苦しめられず、普段通りの生活を送りながら続けることができるのが陽子線治療の特徴ですが、平均3～4週間治療を継続する必要があります。その滞在期間をリラックスして、楽しんで過ごしてもらいたいという願いから生まれた施設で、その理念通り、足湯、スパ施設、遊歩道散歩コース、トレッキングコース、テニスコート、スポーツジム、プール、それにカラオケルームやレストランも充実しています。

かといって、治療にやってきた僕の心が弾むわけもなく、緊張したまま担当の荻野先生と面会しました。荻野先生はこの施設のセンター長。放射線治療の専門医でもある先生は、陽子線治療に携わって20年というベテランです。

僕はここで約3週間の治療に臨むわけです。

治療自体は外来で出来るので、病院の近くにワンルームマンションを借りていました。入院しなくて良いというのは快適なのですが、この時、どうしても体調が戻らず、ずっと怠い身体を引きずったままでした。

8月30日。ついに陽子線治療がスタートです。

治療室に入り、治療装置のデカさに驚きました。治療は、医師の決めたメニューに従って放射プランが作られ、そのプランに沿って技師が行います。陽子線は患部で止まってがん細胞を破壊するための治療ですから、しっかり患部に当たらないと他の健康な臓器を傷つけてしまいます。

ですから、治療の際は身体をベッドに縛り付けられるわけです。息が吸えるか吸えないかくらいにがっちり拘束され、定めたマークに向かって二ヵ所からダーン！ と打ちます。1日たった30分間の治療なのですが、これは精神的にかなり緊張します。

しかも、僕に放射された陽子線はＭＡＸレベルの72グレイ。いくら鍛えられた屈強な身体とはいえ、僕は繊細な神経の持ち主。すっかり疲弊してしまいました。

そして恒例行事のように、僕は発熱してしまいました。陽子線治療は副作用があまりない、と聞いていたのですが、この発熱はなんなんだ……と苛立たしい日々。

毎日、部屋から病院までなんとか行って治療はしてくるのですが、その後はすぐに部屋に帰って横になる、という日が続きました。

親友のジョージが鹿児島に見舞いに訪れてくれた日も、僕の体調は最悪で、ジョージとどこかに出かけようにも身体が動きません。兄弟のような仲ですから、一番気を使わないで済むのは有難かったのですが、動けないという自分の状態が歯がゆくて仕方ありませんでした。

名医二人のスケールの大きさ

１週間も過ぎる頃、ついに発熱は40℃近くになりました。あまりに辛くて、赤木先生にＬＩＮＥしました。陽子線は副作用がないなんて聞いたけど、これはしっかり副作用じゃないのか？　と。返ってきた先生の返事は、こうでした。

「免疫反応。いい熱だ！」

この相変わらずお気楽な返信に「はあ〜っ」と溜息が出ますが、やはりどこか安心します。人が苦しんでいる時に「いい熱」なんて言える図太い神経もさることながら、先生がそう言うと説得力があり、「そうか、免疫が頑張っているのか……」と納得してしまう。

自分の身体の中で、自分の細胞が頑張ってくれている、と想像すると少し安心できて（といって、症状が楽になるわけでは決してないわけですが）俺も頑張ろう……と思えるのです。

僕があまりにも悲痛な訴えをしたので、赤木先生は一方で担当の荻野先生に僕の症状について相談しておいてくれました。しかし荻野先生も荻野先生で、

「そっか、それなら抗生剤出しとくか」

と、錠剤をコロンと2錠くれただけ。マジかよ！　と驚愕しつつ、おとなしくその薬を飲んで寝ていました。赤木先生といい、荻野先生といい、枝葉末節に捕われないスケールの大きさは尊敬すべきところです。正確には、自己回復力、いわゆる免疫力がすべてだと

考え、人が持つ力を最大限に発揮させようという考え方に基づいているのです。

僕たち患者は、少し痛くなったり辛くなったりすると恐怖と不安のどん底に突き落とされて「早くこの症状を改善してくれ！」と病院に駆け込むのですが、それが免疫反応なら、むしろそのまま放置して、免疫に退治させたほうがいいと先生は考えます。

ですから、不安定な自分の調子に振り回されてフラフラになりながらも、この二人の名医を信じて頑張るしかないのでした。

ブログ再開

９月９日。

実はこの日は、僕の誕生日でした。49歳になった……、とじんわりと実感していました。去年、あのまま行けば間違いなくこの誕生日は迎えることはできなかった。

僕はこの時から、1年ほど放置していたブログをもう一度書いてみようと思い立ちました。アメーバブログ『Ｈａｐｐｙ野人ブログ』は２００８年から書き始め、主に仕事のことやサーフィンのことを書き連ねてきました。楽しかったことも腹が立ったことも思いつくままに正直に書いたので、僕の10年の記録が綴られています。

もう一度ブログを書こうと思い立ったのは、今、僕と同じように難病に苦しむ人たちが、あの時の僕と同じように必死でネット上を情報を求めて探し回っていることを感じたからです。こうして誕生日を迎えられた僕が、この経験を伝えることで人の役に立てたら……。その一心で、世の中への発信を再開しました。

再開最初のブログは２０１８年９月18日。「ブログ再開のお知らせ」と題して以下のような言葉を連ねました。


「訳あってブログ再開します。

これまでの人生、サーフィンに、サッカーに、仕事ではスタントマンや、昨年念願だったアクション監督までやらせて頂きました……。辛い事や、悲しい事の多い私の人生でしたが、それなりに仲間に支えられて笑顔絶えない日々を過ごしていました。

そんな最中、私の翼は見事にもぎ取られてしまいました。

私は今がんと闘ってます。

２０１７年10月、胆管癌肝臓転移ステージ４と宣告されました。

私に出来る治療は２種類の抗がん剤しかなく、広がって進行してるので手術の出来ない、言わばお手上げの身体になってしまいました。

日に日に体重が落ちていき、足も棒のようになり、頬もこけて死への階段をゆっくり上がっていく感覚でした。

11月に入るとがんが私の身体に攻勢をかけ始め、敗血症にかかり意識なく、無を彷徨い、これまでか…と、朦朧とした中覚悟を決めていましたが、奇跡的に命を取り止めることができました。

がんになると自己免疫力が下がり感染症になりやすく、それが引き金であの世へ連れて行かれるのが殆どだそうです。

その時、本当の意味の失意と絶望を目の当たりにして、命についてこれ程までに考えさせられた時間は有りませんでした。

自分自身の終末路、生死の覚悟を決めると色々な事が頭に浮かび、見る夢もカラーで綺麗なハッキリとしたものでした。

不思議と、思う事は仲間の事や顔を常に頭の中で考えていました。こういう時、人の心が本当に良く見えるようになります。

死ぬ覚悟をした私に本気で寄り添い、死の淵から救い出そうとしてくれた親族と仲間の愛情は果てしないものでした。

涙が枯れる程涙をながしました。

痩せながら死んでいくなんとも堪え難い状況…絶望感。

強い心とか、負けない気持ちなんて死を目前とした人間が持ってる訳ないのがよく分かりました。

いま、なぜここに私の事を書き連ねていこうと思ったのは、、、昨年末、もって年内と言われていたそうです。しかし、今、もう少しで宣告されてから1年になります。

毎月、1カ月1カ月生き抜こうと頑張っていたらまさかの、9月に誕生日も迎える事ができました…49歳。

夢じゃなく、今奇跡が起きていると実感しています。がんで死ぬ覚悟の時代は終わって欲しい。

そんな思いで私の軌跡を公表して少しでも多くの人に勇気や希望を持って、自分の歩く道の選択をして欲しいと思っています」

もしかしたら、このブログを書くことで、誰よりも自分自身が励まされたかったのかもしれません。この陽子線治療に大きな成果を期待したい。これで、憎きがん野郎と決別したい。そんな思いを表明したくて。

余命宣告から1年

9月28日。やっと陽子線治療が終わりました。

体調は……最悪です。とにかく怠くて、お腹が張る感じがずっと取れません。熱も上がったり下がったりで、落ち着く様子がなく、精神的にも疲れていました。陽子線照射をした部分にはくっきりと火傷のような痕が残りました。日に日に薄まっていくとは聞いたものの、なんだか気分が萎えます。

本当はそのまま東京へ帰る予定でしたが、どうにもこうにも動けなくて、数日間ワンルームに寝たままでした。このお腹がつるような、張るような感覚。がん特有の痛みなのかもしれません。痛みに耐えられないと言うか、この痛みがうっとうしくて仕方がない。いつまでも付きまとって離れないお荷物のような感じで、苛々してしまうのです。赤木先生に「マジで最悪」とSOSを送ると、熊本に戻ってこいと優しい言葉をかけてくれました。

10月1日。僕は赤木先生のいる玉名地域保健医療センターへ戻りました。

「おかえり～」と出迎えてくれた赤木先生の顔を見ると、一気に気が抜けてしまって、安心感に包まれました。

「熱もあるしお腹は張るし、怠いし気持ち悪いしもう最悪」

と大人げなく訴えると先生はいつものフワッとした調子で「じゃあちょっと休んでいく？」と軽い返事。血液検査を行い、病室のベッドに倒れこむように横になり眠りました。

翌朝目覚めると、少し身体が軽くなったように感じました。昨日までの泥沼に浸かっていた身体が岸辺に上がってきたような感覚です。検査結果を見ると、鹿児島に行く前には96000まで跳ね上がっていた数値が再び60000台まで下がっています。

「陽子線治療の効果が出てくるのはこれからだからね」

そう言う赤木先生に僕は頷いたものの、これだけキツい思いをして頑張ったんだから、効果なかったらマジで怒るよ、と言いながら、それでも数値が下がって体調も少し安定するのを感じていました。

季節は10月。がんの宣告を受けてから、1年が経とうとしていました。「あと2カ月」という余命宣告から1年です。僕はまだ生きていました。その奇跡は、決して偶発的なものではなく、家族と仲間が支えてくれて摑み取った勝利でした。しかし同時に、1年という闘病生活に疲れ果てている自分をも感じていました。

陽子線治療はその闘いの終結を願って撃ちこんだ大砲のようなもの。この大砲で敵軍が全滅してくれたらいいのですが、生き残りがいた場合、まだまだ闘いは続くことになります。

僕はもうつくづく嫌になっていました。

人が生きるというのは、社会的に生きるということです。病院のベッドに繫がれた状態で、人生を生きている、とは言いがたい。だから闘病者は辛いのです。小さな病室の中に社会はないから。昨今はSNSの普及で、ベッドの中でも世界とつながるチャンスができました。僕も、あまりにも体調が悪くて動けない日には、ひたすらブログを書いたり、L

ＩＮＥのタイムラインに投稿して、自分の今を発信しています。

とはいっても。

やはり、自由になりたい。

思うままに自分の身体を自分の好きな場所に運べるということ、会いたい人に会えるということ、やりたいことがやれるということは、本当に本当に幸せなことです。それが健康という宝なんです。

この頃、僕は自分でもどうしようもなく、仕事がしたくなっていました。


10月2日、僕は東京に帰りました。

体調は万全ではありませんでしたが、この月には国士舘大学の授業も請け負っていましたし、他の仕事も進めなければならない案件が山ほど溜まっていました。それに、いくら熊本の空気が良いとはいえ、自宅の居心地の良さにはかないません。僕は自宅からオフィスに通いながら通常通り仕事を始めました。

東京にも赤木先生と繋がりのある医院がいくつかあります。週に1回の化学療法はその医院でもできるということで治療を続けたのですが、どうも調子が悪いのです。10月も半ばに入ると、身体の怠さは加速していきました。

悲鳴をあげる肉体

10月29日。怠い身体を押して国士舘大学の授業を行いましたが、これがもう限界でした。これ以上仕事を続けるのは無理と判断し、熊本へ向かう準備をしました。

31日、いつも通り飛行機で福岡空港へ飛びましたが、たった2時間の空の旅が苦痛で「もう無理！」と叫びだしたい気持ちでした。お腹の張りと怠さ、気持ち悪さは抜けることがなく、先生の待つ病院に着いた時にはもうヘロヘロ状態。すぐに検査してもらいました。

検査の結果。

腫瘍マーカーは、過去最高の１２０３１００。12万超えです。

跳ね上がった折れ線グラフを見ただけで、僕の頭はクラクラしました。12万って！　普通ならとても生きていられる状態ではないはずです。赤木先生はやはり顔色一つ変えません。

「先生、ヤバくないすか、ヤバくないですか！」

と恐怖感いっぱいで訴えると先生は冷静に言いました。ＣＴの結果を見ても、腫瘍が大きくなっているわけではない。患部は陽子線でしっかり焼かれている、と。

「陽子線によってがん細胞がたくさん壊された。そのせいで一時的に上がっている状態だから、大丈夫」

と言いました。が、僕は全然大丈夫じゃありません。

「次に測定したら、確実に落ちてるよ。大丈夫、順調」

と先生は冷静に言葉を繋ぎますが、いやいやいや！　と狼狽《ろうばい》する僕。先生は「大丈夫」と繰り返します。先生を信じていないわけではないけど、これはさすがに怖い！

僕はそのまま熊本に残り、入院することにしました。熱が上がったり下がったりで体調も不安定でしたし、あの12万という数字を見てしまっては、さすがに仕事に集中できる状態ではありません。楽しみにしていた大学での講義はキャンセルし、おとなしく病室で毎日を過ごしました。

熊本市に住む巻は、そんな僕を気遣ってよく家族で病室へ遊びに来てくれました。来るときには必ず何か土産を持ってきてくれます。中でも地元で採れた苺の味は最高でした。東京で手に入るものとは匂いからして違う。しっかり「甘酸っぱい」と味わうことができます。

熊本はとにかく食べ物が美味い。水なのか空気なのか、地域独特の甘辛い味付けのせいなのか。僕が熊本で元気にしていられる大きな理由の一つはこの食べ物の美味さのせいかもしれません。

とはいえ、肝臓が満足に働いていないので、糖の排出がうまくいかないせいか合併症で糖尿を発症したこともあり、糖質制限をしているので、赤木先生の許しが出ないと、すっかり馴染みになったうどん屋さんのうどんすら食べられないのが残念ですが、新鮮な刺身や肉料理など、僕を虜にする食が豊富にあるのです。僕が熊本に愛着を持った理由の一つは、この食にあったといっても過言ではありません。

そんな風に、友情に支えられながら、毎日をなんとか一日一日、生きていました。辛いときは美味い食べ物のことや楽しいことを考え、気を紛らわせようと努力しました。

川辺でバーベキュー

11月14日。再び血液検査をしてみると、腫瘍マーカーは一気に３０００へ落ちていました。ほーっと安堵の溜息。先生は、この数値だけを見て一喜一憂はナシだよ、と何度も言います。先生の想定だと、またここから上がるだろうと。上がったり下がったり、ジグザグを繰り返しながら下がっていく、と。

が、気持ちの上がったり下がったりは、どうしてもしてしまいます。いっそマーカーの折れ線グラフを見なきゃいいのか、とも思いましたが、どうしても検査結果は見ずにはおれません。

ふさぎ込んだ僕のところへ、ジョージがやってきました。ずっと病室に引きこもっていると喋り方すら忘れそうな感覚になるので、こうして見舞いに来てくれる友人は本当にありがたいものです。いい天気だったので、さっそくジョギングコースの川へと出かけました。

釣り道具、持参です。

田んぼの傍に流れる小さな川で釣りをしようなんて、地元の住民から見ればおかしな光景でしょう。しかし僕とジョージは多摩川で川エビを捕って食っていたくらいの野生児ですから、こんな澄んだ川で釣りをしない手はないわけです。ちっちゃな川魚を狙って、釣り糸を垂らして真剣に川辺に座っている大の男二人を、通りがかりのおばあちゃんが不思議そうに眺めても、いっこうに気にしません。

実際、川魚が面白いほど釣れました。釣れたとなれば、バーベキューしかありません。僕は先述した患者仲間の黒田晴子さんを誘い、川辺に連れ出しました。末期の卵巣がんから、赤木メソッドで見事に持ち返した晴子さんは、その月に退院できる見込みとなっていましたから、すっかり体力も戻って元気です。

川で魚が釣れた、と言うと、笑顔を輝かせて川辺にやってきました。が、それを焼いて食う、となると目が点になっています。

野人の僕とジョージは、川辺に慣れた手つきで火を起こし、魚を串に刺して火であぶり始めました。晴子さんはあっけにとられてその光景を見つめたまま。

「お、焼けた。ほら晴ちゃん」

と差し出した串をぽかんと見つめる晴子さん。

「え、ほんとに食べるんですか」

「うん、美味いよ」

「ほんとに食べるの？」

「美味いから」

「ほんとに？？」

本当に美味いのです。その日は、ジョージと晴子さんと心ゆくまで馬鹿笑いをして過ごしました。その日、ジョージは熊本市内の家には帰らず、僕の病室のソファで細長い身体を折りたたむようにして寝てくれました。

「窓辺は寒い」と言うので看護師さんから空いている布団セットを借りたり、話が尽きずなかなか眠れなかったり。ようやく深夜になって目を閉じる頃、こうして一緒にバカをやってくれる親友がすぐ傍にいてくれる奇跡に、そっと感謝したのでした。

隠せない苛立ち

12月に入り、僕は再び東京に戻りました。仕事でいくつかの打ち合わせや会議をしなければならなかったからです。しかし、その月の始めに測定した数値はふたたび９０００。なんと言われても一喜一憂、してしまいます。

「また上がった……」

僕はひどく落ち込みました。落ち込んだついでに身体の調子もぐっと落ち込んで、自宅からオフィスまで行くのすら怠くなってしまいました。そこで、仕事の仲間には自宅まで来てもらって、自宅で打ち合わせをしていました。

陽子線の照射痕は、徐々に薄くなっていき、体調も軽く感じる日もありました。が、少し持ち直したと思って動いてしまうと、次の日にガタっと体調が落ちてしまうのです。僕はもともと活動したいタイプなので、余計にこの状態に苛立ったのかもしれませんが、

「良くなるんなら、さっさと早く楽にしてくれ！」

と叫びだしたい気持ちでした。

12月18日。

僕は、見慣れた羽田空港の発着ロビーにいました。

「やばい……」

いったん椅子に座ると立ち上がれないくらいの疲労感。東京を出る時、起き上がることが困難でよほどやめようかと思っていた熊本行き。でも、なんとなく行ったほうがいい気がして、僕はなんとか空港まで身体を運んでいきました。

ロビーで飛行機を待つ間、僕はぼんやりと、初めて熊本に行った日のことを思い出しました。ミカさんと一緒に、死にそうな身体をなんとか空港へ運び、飛行機に乗せて、やっとの思いで行った熊本。降り立った新玉名の駅に田んぼしかなかったこと。数値が下がっ

た時に目にした夕陽。もしかしたら生きれるかもしれないと思ったあの日――。

「ほんとうに、生きれるのかな」

しばらく忘れていた涙が、再びじわじわと目の端にたまってくるのを感じました。こんなとこで泣いたって仕方ないだろ、と僕は感情を制し、なんとか飛行機に乗り込みました。

病院に到着し、その翌日、血液検査。

体調はずっと優れず、誰とも口を利きたくないくらい身体が重く、僕は病室でじっと身体を横たえていました。もしかしたらこの時が、熊本に入院した中で一番最悪な状態だったかもしれません。年末まで入院する予定でしたが、この時ばかりはレンタカーを借りませんでした。外に出かける気力がまったくなかったからです。身体は鉛のように重く動きません。

「陽子線、効かなかったのかな。俺、死ぬのかな……」

完全に、１年前の師走の頃とまったく同じような負のループにはまってしまいました。

奇跡は、作る

12月21日。

赤木先生の診察室に呼ばれました。もちろん、検査結果についての話を聞くためです。

僕は心底憂鬱でした。こんなに体調が最悪なのに、いい結果が出ているわけがない。もうこれ以上悪くなることなんてないだろうに、僕にどうしろというのだろう。半ばやけっぱちな気持ちで廊下の奥の診察室のドアを開けました。

いつものように、赤木先生は椅子に座って机に向かっていました。先生の前のパソコンの画面にはCT造影写真。そして机の上には明らかに腫瘍マーカーの推移を示した、あの折れ線グラフの紙が置かれています。赤木先生は、その紙に視線を落としたまま顔を上げようとしません。

僕はその瞬間悟りました。「終わった」と。ここまでやってきたことはすべて無駄だった、万事休す、もはや打つ手なし……。

「凄いね」

ふいに赤木先生から発せられたのはそんな言葉でした。凄いって、何がですか。

「下がった」

赤木先生が用紙を僕に向かって差し出しました。折れ線グラフの折れ線が、12月3日に測定した数値から一気に急降下しています。

「517」

「え?」

「517まで下がった」

僕は食い入るようにグラフの先を見つめました。急降下した線の先にある数字は確かに

517と記されています。

「桁、間違ってるんじゃないですか？」

　僕が思わずそう聞くと先生も、

「うん、私もそうかと思ったんだけどね……」

　と、再びグラフを覗き込み「合ってる、合ってる」と頷きました。僕はしばらく言葉が出ませんでした。信じられませんでした。発病してから万単位のまま動かなかった数値が、あっという間に三桁になるとは。陽子線治療の一つの答えが出たともいえます。

　腫瘍マーカーの推移に一喜一憂するな……、そんな先生の助言が、僕の中で吹っ飛んでいきました。

「すげえ！　ほぼ全滅じゃないですか！」

「いや、基準値は二桁なんだからまだ油断はできないよ」

「でもすげえ、奇跡だ、奇跡が起きた！」

「凄いね」

　赤木先生も笑って、こう言いました。

「奇跡は起こるんじゃなくて、作るんだよ」

　奇跡は、作る。

　その言葉は僕の胸にズシンと響きました。赤木先生と二人三脚で、治る見込みのない病に立ち向かい、闘い続けて1年。赤木先生は僕と一緒に、僕の命をなんとしても助けたいと奔走してくれました。奇跡は作るものだと信じて。

「先生……なんか、かっこいいっすね」

「だろ?」

ニヤけた先生の顔が、涙で滲みました。

第八章　Life goes on

免疫療法にスポットライト

赤木先生が3年前、最初にオプジーボと水素を併用して成果を上げ、その治療法を学会で発表した時、周囲からの反応は「みそクソ」だったようです。

多くの医師から「ないない」と否定された赤木メソッドですが、その後の患者たちの経過はすこぶる良かったわけで、さらに2018年12月に本庶教授がノーベル賞を受賞すると急に周囲はざわつき始めました。受賞の知らせが届くや否や、赤木先生に次々に「おめでとうございます」とお祝いメールが届く始末。

「いや、受賞したの俺じゃないんだけどな……」

と赤木先生は苦笑いで受け止めていたのですが、オプジーボが認められたことで、それまで「胡散臭い」と言われていた免疫療法にスポットライトが当たったのも事実です。その後に行った学会発表は大絶賛の嵐。

特に、末期胆管がんという厄介ながんを克服し、今もなお生存中という僕の事例は、拍手をもって迎えられました。赤木メソッドを取り入れる医師も現れ、先生の目指す統合医療はさらに前進を続けています。

そんな赤木先生は、熊本医師会の中でも名物ドクターなわけですが、意外と熊本市内では知られていないんです。むしろ、東京でのほうが名前が上がっている。地元の人に聞く

と、

「大きな病気になったら東京へ行けば治る」

と信じている人も多いのですが、それはむしろ逆だ！　と言いたい。熊本に赤木先生がいるように、地方にも標準治療の枠を越えて難病を治す名物ドクターはたくさんいるはずです。

多くの病院が標準治療に沿った治療法しか提供しない中、その治療法ではどうしようもなくなった人に与えられなければならないのは情報です。

僕は、標準治療の枠の中で見放され、なんの疑いもなく「もう治らない」と思っていました。そこを仲間たちの力でヒョイっと摘み上げられて、赤木先生のもとへ送られた。まさに綱渡り状態。そして今も生きています。

でも、赤木先生はもう5年も前から、末期でも助かる方法を求めて奔走し、結果を出していました。そして同様に暗中模索の中から結果を出し続けている医師は少なからずいます。それなのに、なぜ僕は知らなかったのか。なぜ、助かるという手段を病院は提示してくれなかったのか。今も、そのモヤモヤとした疑問と怒りがおさまりません。

お金の問題も未だにかなり問題です。

こうして僕は、この文章を書いている今も治療を続けていますが、僕の場合、保険適用ではないオプジーボ投与は1回に15万～20万円かかります（だんだん安くなってきています）。これが2週間に1回。たとえ僕が高給取りだったとしても間に合わない数字です。

億万長者でない限り、一般人には保険が必要なことがお分かりいただけると思います。その保険も、入る時には先進医療や自由診療にも対応しているものかをよくよく調べてください。お金を持っていなければ繋がる命も繋がらない場合があります。その現実を、健康なうちから頭に入れておかなければいけません。僕のように病気になってから冷たい現実を味わってしまっては、心が折れます。

ブログに届くSOS

僕はブログを再開し、日本中の多くのがんサバイバーの人たちとSNS上でやりとりをするようになってから、彼らがいかに苦難を切り抜けてきたかを分かち合うようになりました。僕と同じように胆管がんを患う母親がいる、とブログからのメッセージをくれた女性は、カテーテル治療で12センチの腫瘍が2センチまで小さくなったと報告してくれました。

末期と言われてどうすればいいか分からない、とSOSを送ってくれた人には、なるべく自分の体験を細かく話し、赤木先生のことも紹介しています。

病院で見放され、仕方なく代替医療へと方向転換するのにも、やはり相当の知識と情報量がないとリスクが大きいと思います。インターネットや書籍の情報だけで「完治できる！」という言葉に惑わされてはいけないと思います。

これまでの僕の経験や、多くの患者さんたちとの交流から分かったことは、食事療法や自然治癒は、未病ならば有効なのかもしれませんが、末期の状態から完治させることは非常に難しいということです。

数多くのエビデンスから形作られた標準治療でさえ匙を投げる病状なのですから、何もせずに治すというのはやはり無理があると僕は思います。どのような方法でも治療が必要です。だからこそ、エキスパートである医師からの助言が何よりも大事なのです。

抗がん剤で疲弊しきった身体と心には、副作用のない民間療法が救いに思えます。それは僕も本当によく分かる。でも、使える武器を最大限使って闘わなければ勝てない病気なんです。中途半端に逃げてはいけないと、主治医から使える武器のすべてを見せてもらうことが、患者がほんとうに望む治療だと思います。選ぶのは患者なのですから。

赤木先生は、そういった意味で、とてもバランスが取れている先生だと僕は思います。現在、日本国内だけではなく世界中で行われている最先端の治療法を常に学び、取り入れ、患者を生存へと導いている先生の根底にあるものは「治したい」という一心。

僕は、先生に出会えたことだけでも、自分が病気になった意味があったと思いました（もう二度とごめんですが）。命を本気で救おうと思ってくれる医者との出会いが、僕たちの運命を変えるのです。

いざ死に直面しないと分からない現実……では、遅すぎるのです。

セカンドオピニオンの勇気

僕のところにSOSを出して、晴子さんのように先生のもとで快復した人もいれば、一歩間に合わなかった人もいます。

知り合いの60代の男性は膵臓がんを患い、放射線治療を受けていました。状態はよくならず、僕のもとへSOSが届きました。僕は赤木メソッドを紹介し、彼も赤木先生のもとへ来ることを決意し、準備を進めていました。明日にでも出発する、と連絡がきた直後、その方は亡くなりました。間に合わなかった……と、僕は辛くなりました。

そして去年（2018年）の春、僕がジョギング中に水分補給で訪れていたうどん屋さんの奥さんが、白血病で亡くなりました。

抗がん剤治療がうまくいって調子も良かったにもかかわらず、骨髄移植の際に起きた合併症で逝ってしまったそうです。僕の話によって赤木先生の存在を知ったのはその入院中のことでした。先生の病院とうどん店は、すぐ目と鼻の先にあったにもかかわらず、です。

「今思えば、移植する前に赤木先生のところで診てもらえばよかった。でも、途中で病院を変えるのもなかなかできなかった。途中からじゃ先生もやりにくいだろう、と思ってしまって……」

店主はそう言いました。この心理は、僕を含め多くの患者が抱える心情です。セカンドオピニオンには本当に勇気がいる。でも、それが必要な場合もあります。そのことを、よりお医者さんには分かっていただきたいのです。

「移植する前、3割ほどの人が合併症を発症していると説明を聞いていたが、まさか自分の女房がその3割に入るなんて思っていなかった。どこかで『治るんだろう』と高をくくっていたところがあって、主治医の先生から『どういう状況か分かってますか』と怒られたくらいで。そこは自分が甘かったと思っています」

あの時ああすれば良かった、こうしておけば……という後悔。遺された者たちには、そんな拭っても拭いきれない感情が渦巻きます。赤木先生も、患者さんたちやその家族の感情を受け止めることが一番辛い、と言います。だからこそ、助けたいのだと。

がんという病気は、たとえ一時的に消えてもふたたび出てきて増殖する厄介な病気です。ですから、3〜5年発病しなければ完治、というふうに今は言われています。では6年目も無事なのか？　というとその保証はどこにもない。赤木先生も、「完治」という言葉は使いづらい病気だと言います。

しかし、たとえ体内にがん細胞が残っていたとしても、地道に治療を続け、元気に日常生活を送れるとしたら。それはもう完治と言えるのではないかと僕は思います。現に僕は今、自分ががん患者であることを忘れている瞬間も多いのです。がんが悪さをしないように抑えながら共存し、そのまま数十年が過ぎて寿命を迎えたら、それはもう、僕にとっては勝利です。

『THIS IS ME』

僕には夢があります。

ここへきてやっと、夢というものを語れるようになりました。最後に、この夢の話をさせてください。僕の夢は、全部で3つあります。

1つ目は、映画を作ること。

もともと映像エンターテインメントの中で育ちましたから、映画を作りたいという夢はずっと前からありましたが、もっていかれるはずの命を神様から（たとえ一時的にでも）返してもらって、以前よりももっとくっきりと描けるようになったのが映画なんです。

体調が最悪で気分がダダ下がりだった昨年の11月頃、YouTubeでいろんな動画を検索して気持ちを慰めていたのですが、この年に公開した『THE GREATEST SHOWMAN』のリハーサル動画を見つけて、久しぶりに感動のあまり号泣してしまいました。

２０１９年に第61回グラミー賞（最優秀サウンドトラックアルバム）を取得したこの作品の代表曲『ＴＨＩＳ　ＩＳ　ＭＥ』という歌が、僕に忘れかけていた「勇気」という風を送ってくれました。

「I am who I'm meant to be, this is me.
（これが私のあるべき姿、これが私）」

肉体的に精神的に傷ついたすべての人たちを勇気づけられるほどのパワーを持った曲でした。そしてそんな楽曲を生み出せるエンターテインメントという世界に、もう一度戻りたいと強く思えたのです。観る人に勇気を送る映画を作りたい。その夢が僕の日々を新しく彩るようになりました。今、仲間たちの協力でその夢の実現に向けて活動を始めています。

そして2つ目。
それは、熊本の街の復興に携わることです。僕にとって救済の地となった熊本の空気のきれいさや、食べ物の美味さ、住む人々のあったかさを、もっともっと県外の人に知ってもらいたい。それにまだ熊本は震災の痛手から完全に立ち直ったわけではありません。
この地でかけがえのない友人となった巻誠一郎が、引退後も変わらず一生懸命手掛けている復興支援に自分も加わって、この地に恩返しすること。それを想いだけではなく、行動で示せる日を一日でも早く迎えたい。

最後に、赤木先生の新しい病院を手伝うこと。

２０２０年に、現在、赤木先生が勤める玉名地域保健医療センターは玉名中央病院と統合されます。その機に先生は独立して、ご自身の医院を開設することが決まっています。僕は、先生が完治させた患者の代表として、この病院の宣伝塔になりたいと思っています。先生がこれから先も、もっともっと多くの人を救えるように、まずは僕がこの病に勝ちたい。

それが夢です。

今のこの時を過ごせている事。夜寝て次の日の朝を迎えられるこの身体に感謝していま す。とにかく今は、今できる事を大切にこなし多くの人と会って話したい。決して死の淵を振り返る事なく。

できることなら、毎日泣いても泣き切れない、この憎たらしい病を根絶してもらいたい。そして、今泣いている人々に、命の選択が気軽に出来るような世の中にしてもらいたい。ごく一部の利権やプライドを守ることも分かりますが、弱者を守ることが優先なのではないでしょうか。

はっきり言えることは、標準治療を柱にした多くの病院が、ガイドラインを逸れて成果を上げているがん治療に目を向けることがない限り、この病を克服することはできないでしょう。

「新薬が効くかどうか分かりませんが、やってみましょう！」

なんて、人の命を助けるために言えるセリフですか？　それでも助かりたい患者たちは、主治医の言葉を信じて選択の余地なく薬漬けにされます。本当に、このままでいいのでしょうか。僕は一人でも多くの人が生きる可能性を手にするために、小さくても声を上げ続けます。

今現在、がんと闘っておられる方々が、このように気持ちのこもったリスクある事を言える医師に出会えることを心から願って、この本の結びとしたいと思います。

「私が、あなたのがんを治します」

おわりに

昨年の3月。

春の日差しが強まっていく中、僕の心がふさぎ込んでいた時期のことです。サーファーの牛越さんが、曽我と一緒に、

「宮崎までドライブに行こう」

と、強引に出かける準備を始めました。僕はその時、身体も心も重い状態で、遠出する気にはならなかったのですが、断れる様子もないくらいのパワーに押されて、僕は車に乗り込みました。

途中、幣立神宮という、世界最古の神社と言われる場所に足を踏み入れるとすさまじい霊気を感じました。僕はもともと霊感の強いほうですから、場所の気なども感じやすいのです。

沈んだ気持ちが少し晴れやかになりながらさらに向かった先は……海。

なんと地元のプロサーファーの方に事前に話を通しておいてくれ、僕のためのサーフィ

ンボードが用意されていたのです。それをオーガナイズしてくれていたのは、旧友のプロサーファー、海埜アキラさんでした。しかし海埜さんも僕が来るとは知らされておらず、牛越さんの友人が病気だからという理由で事前にセットしてくれていたのでした。海埜さんの顔を見て、僕たちは驚きと嬉しさで大声で笑い合いました。

「サーフィンやろう」

もう二度と入ることがないと思っていた海に僕が戻れるように、仲間たちが心を込めて用意してくれていたサプライズ。

久しぶりのウェットスーツの

感覚。ボードを抱え、よせ来る波に足を浸す感覚。すべての感覚が夢のようでした。沖に向かって泳ぎだす僕の隣を仲間たちが伴走してくれました。

体力が落ちて、以前のように波に乗ることはできなかったけど、以前と同じように、波は僕を押し上げ、包んでくれました。僕は抱かれるまま、波に抱かれていました。抱かれながら、もう一度サーフィンがしたいという夢の種火が心に灯るのを感じていました。

夢の力は、免疫を上げてくれるよ、なんていう赤木先生のお説教も思い出しながら。

「泣いてんじゃん」

とからかうように笑って僕を見た牛越さんの目も、赤く腫れていました。

人に諦めるな、という言葉をかけることは簡単ですが、当事者の心が完全に折れてしまっているところに、それでも「諦めるな！」とエールを送ることは並大抵のことではありません。励ますほうも相当のエネルギーを費やすことです。愛情がなければできません。

僕には、愛情を持って僕を励ましてくれる家族と仲間が大勢いました。彼らは、どん底にいる僕に向かって大声で「諦めるな！」と叫んでくれただけでなく、実際に自らもリスクを背負ってどん底に降りて来て、僕の手を取って上へ上へと引き上げてくれました。

たとえ当事者が諦めても、周りが諦めないことで道が拓ける。

みんなからの愛情のお返しに、僕はそのことを伝えることで、今どん底にいる人を救えたらと思いました。

今、病と闘っていらっしゃる方、明日も明後日も、共に闘っていきましょう。そして身近に闘病中の患者がいるという方々、どうか彼らにエールを送ることをやめないでください。諦めないで、世界に目を開き、臆せず誰かにＳＯＳを出し続けてください。必ず方法はあります。もちろん、僕のところに連絡をもらってもかまいません。僕ができることなら、なんでもやります。

〔髙橋幸司の余命をぶっ飛ばせ！ガンと闘うブログ https://ameblo.jp/soipro/〕

最後に、僕を支えてくれ続けている仲間に謝辞を。

熊本に来るために尽力してくれたミカさんや東條さん、親友のジョージはもちろん、熊本に来る前、泣いてくれた仕事仲間のナベちゃんも熊本に来てくれました。同じく仕事仲間の鈴木さん、中尾さん、お世話になっている美容院のオーナーである花島さん、代替医療の一つとして注目されているフコイダンの販売を広げている会社の社長、末永さんも駆けつけてくれました。スタントマン時代から芸能関係の知り合いも多いのですが、弟のように可愛がっているお笑い芸人のガンリキ大輔くんや、そして長年の友人である元シブがき隊の布川敏和さん、兄貴の呼びかけで来てくださった古郡さん、桑島さん、長谷山さん、その他多くの皆さんが、入院生活を応援してくれています。スタントウーマンとしても活躍する美和さんが、曽我と共に僕の留守を守って会社を切り盛りしてくれていることにも大感謝です！　そして焼き肉店時の師匠である岡崎さんご家族、ハワイから駆け付けてくれた山中マルさんとご家族、神津島のクーニこと清水さんとファミリーの皆さん、そして20年来、公私ともに良き仲間であり続けてくれている熊谷まゆみさん、本当にいつもありがとう。まだまだ書ききれないほど、多くの方から支えていただいています。もう一度大きな声で、ありがとう！

1年が過ぎて、次の1年。神様からいただいた命、生存率の壁を破るために生き抜きたい。僕も1歩前へ。闘う貴方も1歩前へ！

僕を支えてくれている家族、とりわけボスと兄貴と、エールを送り続けてくれるすべての仲間たちに、愛をこめて。

２０１９年　春　髙橋幸司

著者略歴

1969年、神奈川県生まれ。16歳でスタントマン、タレントとしてデビュー。以降、年間数百本の地上波メジャー番組でのアクション部門に関わる。映画では東映、東宝、松竹などの現場に参加。警察庁や警視庁の運転技術指導も担当する。26歳でスタントマンを引退し、制作プロデュース業へ移行。また、イベントプロデュース協力やイベント演出等を担当。国有地での地上波関連イベントを大成功に導く。NTTサイバーソリューション研究所との共同研究にもプロデューサーとして参加する。インターネット放送局ではNTT「ChocoParaTV」をプロデュース。IPTV制作で培った独自制作論が注目され「国士舘大学理工学部電子情報学系」の特別講師を務めるなど、学びの場での活躍も増えてきている。現在は株式会社アドバンス、株式会社シールズ、有限会社タカハシレーシングを芸能活動の拠点として活動中。2017年10月に胆管がんを宣告され、現在も闘病中である。

まだ望《のぞ》みはあります

――がん宣告《せんこく》「余命《よめい》2カ月《げつ》」からの闘《たたか》い！

二〇一九年五月一二日　第一刷発行

著者　髙橋幸司《たかはしこうじ》

発行者　古屋信吾

発行所　株式会社さくら舎　http://www.sakurasha.com

東京都千代田区富士見一-二-一一　〒一〇二-〇〇七一

電話　営業　〇三-五二一一-六五三三　FAX　〇三-五二一一-六四八一

編集　〇三-五二一一-六四八〇　振替　〇〇一九〇-八-四〇二〇六〇

構成　中井由梨子

装丁　アルビレオ

印刷・製本　中央精版印刷株式会社

ISBN978-4-86581-197-1